Onderdanige Slaaf en ander verhale

Erika Sanders

1

Reeks
Oorheersing en erotiese onderwerping

Opsomming

Hierdie boek bestaan uit die volgende stories:

Onderdanige Slaaf is 'n roman met sterk erotiese BDSM-inhoud en op sy beurt 'n nuwe roman wat deel uitmaak van die Erotic Domination-versameling, 'n reeks romans met hoë romantiese en erotiese BDSM-inhoud.

(Alle karakters is 18 jaar of ouer)

Nota oor die skrywer:

Erika Sanders is 'n bekende internasionale skrywer, vertaal in meer as twintig tale, wat haar mees erotiese geskrifte, ver van haar gewone prosa, met haar nooiensvan onderteken.

Indeks

ONDERDANIGE SLAAF EN ANDER VERHALE
ERIKA SANDERS

ONDERDANIGE SLAAF

HOOFSTUK I

Waar de hel was sy?

Dis wat ek gedink het terwyl ek by 'n tafel vir twee in die kafeteria in 'n hoofstraat aan die buitewyke van die stad gesit het.

Ek het al twee koppies koffie gehad en dit was meer as 'n uur oor wat ons gister afgespreek het en verdomp, ek moes gaan piepie.

Omdat ek nie geweet het of ek moet bly of weggaan of wat ook al nie, het ek myself uiteindelik oortuig dat ek gejaag is en besluit om verligting te gaan kry.

Wat 'n fokken mors van tyd en dit is net nog 'n slag vir my ego... dit het te na aan die ander keer gebeur, ek moes van beter geweet het, dink ek toe ek van die tafel af opstaan en manskamer toe is.

Ons het mekaar die ander aand op chat ontmoet.

Ek het 'n kamer geskep met 'n onderwerp oor die vind van 'n Dominatrix in die regte area en na 'n paar uur het Lucy ingekom en ons begin praat oor waarvan ons hou en nie hou nie van die situasie en onderwerp.

Ons het foto's uitgeruil ... niks riskant nie, eers net foto's van ons in normale drag.

Ons het gehou van wat ons gesien het en besluit om vanoggend vroeg Saterdagoggend by die koffiewinkel te ontmoet...eintlik baie vroeg...om 6:15 vm.

Lucy vra my dan om vir haar 'n lys van my limiete te stuur... 'n volledige lys van wat ek nie sou doen nie en wat ek wou doen.

Sy het my ook al my mates vir haar laat stuur; alles van die lengte van my haan toe dit regop was tot die grootte van my skoen.

Toe het sy my later gevra om vir haar foto's van my haan te stuur soos dit normaalweg hang en ook met 'n volle ereksie.

Hy het alles gedoen, maar verdomp hy het hier in die kafeteria-badkamer beland.

Ek het die koffiewinkel verlaat en na my motor gegaan, wat aan die agterkant van die parkeerterrein was waar ek vir Lucy gesê het ek sal dit parkeer en het ook terselfdertyd my nommerplaatnommer vir haar gegee.

Toe ek die deur oopmaak, het die passasierskantvenster van 'n swart sportnutsvoertuig wat langs my geparkeer was, begin afrol.

" Petrus is dit jy?" sê 'n vrouestem sag

Ek het vir hom gesê dit is ek.

"Ek is jammer, maar ek moes seker maak jy is die persoon wat jy regtig gesê het jy is."

Ek het na die bestuurder gekyk en my hart het teen 'n fantastiese tempo begin klop.

Dit was Lucy en sy het pragtig gelyk...in 'n leerjas en lang leerstewels.

Haar leerjas was aan die onderkant oopgeknoop en het kaal dye en 'n bietjie leer bo hulle onthul, maar ek was nie seker wat presies die leer was nie, maar dit het sy doel gedien om my op te blaas.

"Waar de hel was jy? Ek het meer as 'n uur vir jou gewag." Ek het uitgeblaker terwyl ek na haar stewels kyk en voel hoe my voël begin aandag gee aan die situasie.

"Nou Peter, sê net wat jy voel. As jy nog belangstel om my te ontmoet, sal jy my dadelik na my huis volg. Sodra ons daar is, sal jy by die motorhuis intrek in die spasie langs my. kar. Verstaan jy daardie kind?"

Voordat hy kon reageer, het die venster toegemaak en die sportnutsvoertuig het uit die parkeerterrein getrek en begin wegry.

My ereksie het in rekordtyd ter plaatse gesterf.

Wat moet ek doen, wat moet ek doen?

Vloek.

Ek het in my kar gespring en agter haar aan gehardloop in die hoop dit was nie te laat nie.

" Waar is sy?" Ek het vir myself gesê toe ek die uitgang nader... "Daar het hy regs gedraai; hy is op pad wes."

Ek het probeer om tred te hou en haar in sig te hou sonder om te jaag, aangesien hierdie pad bekend was vir sy spoedkameras.

Ek het dit in sig gehad toe dit skielik deur 'n amberlig gegaan het wat my gedwing het om te stop en te kyk hoe dit verdwyn.

"Tef...hy het dit doelbewus gedoen," het ek vir niemand geskree nie.

Ek het gewag dat die lig groen word vir wat soos 'n ewigheid gelyk het, en toe so vinnig as toelaatbaar gery, en geglo dat ek dit verloor het.

"Daar is sy, gaan voort." Ek het vir myself geskree...sy het seker in die verkeer vasgery of dalk het sy gestop.

Ek het reg agter haar gevolg na hierdie stop, en toe 'n paar myl later het sy uiteindelik regs gedraai op 'n sypad, bekend vir sy duur huise en wonderlike uitsigte, aangesien dit persele langs die meer was.

Ons het teen 'n baie stadiger spoed gery.

Hy wil seker nie hê die bure moet iets agterkom nie, het ek gedink.

Toe draai hy regs af in 'n pad wat 'n yslike huis aan die einde gehad het en my eerste gedagte was dat ek verlore was... maar hy het motorhuis toe gery en die deur oopgemaak voor ek daar aangekom het.

Sy het die kar aan die linkerkant gelos en ek het langs haar aan die regterkant gery.

Ek het skaars die motorhuis ingekom toe die deur begin toegaan, ek het die kar afgeskakel en uitgeklim.

Sy het 'n deur na die hoofhuis oopgemaak en vir my beduie om haar te volg, wat ek gedoen het, maar huiwerig.

Ek het my voete aan 'n mat afgevee, die huis binnegegaan en die deur agter my toegemaak.

Toe draai ek om om na Lucy te kyk.

"Weet jy jy woon vyf myl van my af..."

Klap...Slap...Klap...sy het my wange hard geklap.

"Hoe durf jy met my praat soos jy dit gedoen het? Jy sal my nooit weer uitvra nie, 'n nikswerd stuk kak soos jy! Verstaan jy my, Peter?"

Ek was geskok omdat ek dit nie verwag het nie.

"Ja, ek dink."

Hy het my aan die voorkant van my hemp gegryp...klap, klap...klap.

Sy het my weer geslaan en hierdie keer het ek myself probeer beskerm en haar pols gegryp... net uit refleks, maar ek het besef dis dom en het vinnig laat los.

"O shit, ek is deurmekaar," het ek gedink en gewag dat sy vir my sê om weg te gaan.

"Op jou knieë NOU Peter!" Sê hy hard terwyl hy my hare gryp en my afdwing.

"Jy het 'n klein straf verdien, slaaf." Sy het gese.

Sy het my 'n slaaf genoem en ek het gedink sy doen dit al 20 minute.

My knieë was bymekaar, my hande was aan weerskante, om myself te stabiliseer, en ek het na haar gekyk.

Sy het na my gekyk en my toe hard geskop waar my knieë raak.

"Sprei daai knieë, teef!"

Ek het gedoen wat vir my gesê is.

Sy het toe die punt van haar regtervoet op my haan geplaas en dit hard gedruk.

"Moenie dit weer vergeet nie, Peter. Sit ook jou fokken kop neer en kyk na die vloer. Sit jou hande op jou dye, palms na bo, in die regte posisie vir 'n slaaf.

"Jy het vyftien slawe-houe verdien wat jy sal ontvang wanneer ons sessie begin. Vyf is omdat jy brutaal was toe jy my gevra het waar de hel ek is. Vyf is omdat jy verkeerd geantwoord het deur nie met respek met my te praat nie en my nie Meesteres of Meesteres te noem nie. Lucy. Jy sal. Jy sal altyd wanneer jy nie in die openbaar is nie, d.w.s. in 'n motor of in 'n huis...hetsy hier of in 'n privaat kamer. Vyf is om aan my te vat sonder goedkeuring toe hy my pols gegryp het . As jy dit doen dit weer, jy sal bo jou perke gestraf word, soos ek myself moet beskerm.Verstaan jy hoekom jy gestraf word, Petrus?

Ek het haar so goed moontlik in die gesig gekyk en gesê:

"Ja ek verstaan".

Sy gryp my styf aan my hare en kyk my in die oë.

"Dit sal nog vyf pakslae wees omdat jy my ongehoorsaam was deur op te kyk en disrespek te toon deur nie na my as Meesteres te verwys nie. Verstaan jy my, Peter?"

Ek het my oë en kop laat sak so goed ek kon, hoewel sy my steeds aan die hare vasgehou het, het ek gesê:

"Ja, mevrou Lucy, ek verstaan."

"Ons het gister bespreek dat jy besig was om my boetvaardige en my seksslaaf te word, en dat jy opleiding nodig het. Is dit korrek Peter?"

"Ja, mevrou, dit is korrek."

"Jy het gesê dat jou limiete nie tieners of onder was nie, geen bloed, geen spelde, geen naalde, geen permanente merke nie. Is dit korrek, Peter?"

"Ja, mevrou, dit is korrek."

"Het jy jouself vanoggend skoongemaak met die vinnige enema-metode wat ons bespreek het?"

"Ja, mevrou Lucy, ek het dit presies gedoen soos jy vir my gesê het."

"Stel jy nog daarin belang om my roubeklaer en seksslaaf Peter te word?

"Ja, mevrou, meer as ooit."

Toe laat hy my hare sak terwyl hy afkyk grond toe.

Ek voel asof ek net in die diepkant van die swembad gespring het en nie geleer het om te swem nie.

"Wel, kom ons kyk of jy opgelei kan word. Staan op en maak al jou sakke leeg, haal jou horlosie en ringe af en sit alles op die tafeltjie neer!" wat sy uitgewys het. "Trek dan jou skoene uit en sit dit op die vloer langs die tafel."

Ek het alles gedoen wat hy vir my gesê het so vinnig as wat ek kon en aangesien dit my eerste kans was, het ek in die huis rondgekyk.

Dit was in die hoofsaal, nie ver van die trappe wat na die kelder gelei het nie.

Ek het na die Dominatrix gekyk sonder om oogkontak te maak en gesien dat sy nog in haar leerjas en stewels is.

God, sy is selfs mooier as die foto wat sy vir my gestuur het.

Kort donkerblonde hare met knoppe in haar oë, ek kan nie wag om uit te vind hoe die res van haar is nie, het ek gedink.

"Nou Peter, jy sal al jou klere uittrek vir 'n inspeksie; hande agter jou kop, kop na onder en bene wyd uitmekaar. NOU jou verdomde teef, nie môre nie!"

Ek het so vinnig as wat ek kon uitgetrek en kaal gestaan om myself te inspekteer.

Terwyl ek afkyk, het ek gekyk hoe my haan begin groei in afwagting dat my drome waar word.

God, hoe wens ek hy wil my nou laat klaarkom, het ek gedink.

"Toe ek sê ek wil jou bene wyd uitmekaar hê, het ek dit bedoel. Nou, sprei jou bene. WEER! Jou idioot, idioot. En jy kan enige tyd in die nabye toekoms daarvan vergeet om 'n orgasme te kry. Ek sal die slaaf wees. net een om te bepaal wanneer jy een kry."

"Ek is jammer mevrou...ja mevrou," het ek uitgeblaker en na my harde piel gekyk.

Toe trek hy my klere uit en stap stadig om my.

Eers het sy 'n tepel geknyp en toe die kop van my penis vasgeknyp, dit hard vasgedruk terwyl sy deur gebalde tande kreun.

Sy het gelag terwyl sy my verskeie kere getoets het.

"Nou, slaaf Petrus, jy sal al jou klere bymekaarmaak en afgaan na die kelder. Maak die eerste deur aan die regterkant oop, gaan in en maak die deur toe. Moenie enige ligte aansit nie... Daar, in die middel van die kamer, sal jy 'n sportsak met instruksies bo-op vind. Gaan reguit na die sak, lees die instruksies en volg dit presies. Jy het 20 minute om hierdie taak te voltooi en ek sal jou elke beweging met die kamera dophou. Het jy verstaan Petrus?"

"Ja, mevrou Lucy, ek verstaan."

"Gaan dan, seun, jy het al 20 sekondes gebruik."

So vinnig as wat ek kon, het ek my klere bymekaargemaak, met die trappe afgehardloop, die eerste deur aan die regterkant oopgemaak, ingestap en dit agter my toegemaak.

"Wat de hel het ek myself in beland, ek is regtig deurmekaar."

Ja, ek het beslis in 'n diep afgrond gespring.

HOOFSTUK II

Dit was nie veronderstel om so vinnig te gaan nie, dink ek by myself, terwyl ek seker maak die deur is toe.

Ek leun my kop teen die deur, maak my oë toe en wonder of dit regtig gebeur.

'n 40-jarige professionele man, soos ek, geskei, was uiteindelik besig om sy fantasie te vervul.

Ek is aan 'n heeltemal nuwe wêreld voorgestel.

Daar, in die middel van die vertrek, met 'n enkele kollig wat op die plafon skyn, was 'n swart mat met 'n sportsak bo-op, eintlik 'n Nike-sak.

Ek het haar vinnig genader en die koue van die betonvloer aan my voete gevoel.

Miskien was hy in sy kerker.

Aan die bokant van die sak was 'n gevoude stuk papier met 'n nota daarop geskryf, "Slaaf Petrus," ek, maar hoe het hy geweet ek sou hier wees?

Ek het die nota opgetel en dit begin lees.

Slaaf Peter

Teef, jy sal nou op jou knieë gaan om hierdie nota te lees.

Volg die instruksies presies en wees vinnig want jou tyd raak min.'

Ek het vinnig neergekniel en rondgekyk terwyl ek dit doen, maar daar was geen lig in die res van die vertrek nie; net die lig wat op my skyn terwyl ek die nota lees.

1. Stapel jou klere versigtig langs die sak.

2. Haal alles uit die sak en sit jou klere daarin.

3. Sit die kraag aan, maak seker dit is styf, en sluit dit dan.

4. Trek die lyftuig aan en maak alle gespes en hamerring vas. Hulle moet almal styf wees.

5. Maak die pols- en enkelboeie vas en maak vas met 'n hangslot. Elkeen is gemerk waarheen dit moet gaan en moet styf aangetrek word.

6. Sluit die enkelboeie saam met die 6 duim ketting en hangslotte.

7. Gesp op die kakebeen. Dit is 'n oop breedte kakebeen en moet baie styf wees.

8. Gaan die area na en sit enigiets wat jy nie in die sak gebruik het nie.

9. Sit die blinddoek op en maak dit styf vas!

10. Sluit die polsboeie aanmekaar.

11. Neem die slaafposisie aan en wag.

Terwyl ek die nota gelees het, het ek op my knieë geval terwyl ek elke item in die sak probeer opspoor het, en uiteindelik, gefrustreerd om dit te probeer opspoor, het ek die sak eenvoudig voor my gegooi.

Toe ek dit alles sien, het ek werklik geglo dat ander sou kom, aangesien dit alles nie net vir my kon wees nie.

Skielik, uit 'n luidspreker direk bokant my, kom sy stem, hard en diep en swaar.

"JY HET 15 MINUTE OOR."

Daardie herinnering het paniekmodus in my binneste veroorsaak en ek het vinnig my klere bymekaargemaak, dit in die sak gegooi en dit toegemaak.

Toe gaan ek deur die hoop leerbande totdat ek die kraag gekry het.

Damn, dis 'n strafkraag.

Ek het na die dik vier duim hoë swart kraag gekyk en gewonder hoe ek dit gaan aantrek, totdat ek agterkom dat daar 'n klein oop hangslot is wat deur 'n gaatjie in die ekstra wye pen van die gesp pas.

Nou het ek verstaan hoe dit gebruik moet word en die slot verwyder.

Ek het my kop opgelig, dit om my nek geplaas sodat die opening agter was en 'n D-ring voor en dit in 'n gemaklike posisie vasgemaak.

Ek sit toe die hangslot deur die pengat en sluit dit toe.

Daar sit daardie verdomde ding, het ek gedink.

Wat is volgende?

Gelukkig het ek 'n geruime tyd daaraan bestee om die onderwerp van oorheersingsspeelgoed na te vors en het verskeie liggaams harnasse aanlyn gesien wat geadverteer word, so ek kon dit vinnig opspoor en, nadat ek dit 'n oomblik vasgehou het, besluit dat dit 'n bolyfharnas is.

So vinnig as wat ek kon, het ek die voorkant van agter af bepaal, dit om my gegooi sodat die hoofringe aan die agterkant was en die meeste van die verstelgespes aan die voorkant.

Gelukkig was die twee bande wat om weerskante van my nek gegaan het los en dit het gehelp om die voorkant van agter af te posisioneer, tesame met die feit dat die haanring ook voor gehang het.

Hierdie twee bande het voor en agter in 'n ring ontmoet op 'n vlak net onder my borste.

Hieruit het 'n enkele band na 'n ander ring gelei op 'n vlak aan die bokant van my heupe en van hierdie ring aan die voorkant het 'n ander band die haanring vasgehou met die band onderaan vas.

Beide voor- en agterringe het die bande vasgehou om die kante van voor na agter te verbind.

Na 'n paar sekondes van tou en draai het ek besluit om die sybande van die ring onder my borste te koppel en hulle vasgegespe totdat hulle styf was, maar nie te styf nie.

Ek het toe dieselfde met die sybande op my heupe herhaal.

Dit het moeilik begin word aangesien hierdie nekgordel my kop omhoog gehou het en ek nie goed kon sien wat ek doen nie.

Die cockring was volgende en ek het geweet dit sal gedoen moet word net deur daaraan te voel sonder om te kan kyk.

God, ek wens ek het my haan-afmetings oordryf toe Lucy daarvoor gevra het.

Dit hang nou nie so goed aan my nie en ek het nie verwag dat daar 'n probleem sou wees totdat ek die haanring kon vashou sodat ek dit kon sien nie.

Damn, dit is klein!

Hoe gaan ek my parte daar kry?

Ek het dit een bal op 'n slag gevat en was gelukkig dat my haan toe los was en ek kon die skag deur die oorblywende spasie druk.

'n Bietjie smeermiddel sou gehelp het, maar daar was nie.

Ek het die haanringband styfgedraai aan die heupring en toe die oorblywende haanringband gevat, dit tussen my bene en die agterkant van my heup op my rug geplaas en toe, met my arms agter my, toeknoop ek so goed ek kon.

Sodra ek dit gedoen het, het ek 'n ereksie begin kry met die gevolg dat die pyn aan die basis van my piel en balle verbasend fantasties gevoel het.

Ek het dan elke band styfgetrek en die proses oor en oor herhaal totdat ek gevoel het hulle is so styf as wat hulle moet wees.

Die hele proses het my piel regop gehou tot die oomblik dat dit voltooi is.

Lucy se stem kom weer uit die plafonluidspreker en sy het meer dominant gelyk as voorheen.

"SLAF, JY HET 5 MINUTE OOR."

"Nee, dit is nie moontlik nie, mevrou. Dit kan nie wees nie." Ek het geprotesteer.

"JY HET 5 MINUTE. MAAK MAAK."

So vinnig as wat ek kon, het ek myself geposisioneer en die polse en enkels gesluit en gewys waarheen elkeen moet gaan.

Ek het toe die ketting gekry en dit aan my enkelboeie vasgemaak met hangslotte aan die D-ringe op elke manchet.

Dit alles was geen maklike prestasie nie aangesien die verdomde strafkraag my siening beperk het.

Toe die gag!

Dit was dik leer en het 'n groot opening gehad vir my lippe en tande om deur te gaan.

Toe ek dit die eerste keer probeer het, het ek gedink daar moet 'n fout wees, want ek kon nie met die eerste probeerslag my mond oor die ring wat uitsteek nie.

Ek het weer probeer en my tande in die ring gesteek, maar dit was pynlik ongemaklik.

Ek het dit styf geknoop om seker te maak dit kom nie af nie.

God, die gat was groot genoeg vir 'n goeie lid, maar ek het gehoop ek sou dit nooit ontvang nie. Hoekom het ek dit nie op my lys van grense geplaas nie?

Nadat ek die blinddoek gevind het, het ek dit alles opgetel, dit in die sak geplaas en dit toegemaak.

Ek het die blinddoek vasgemaak en net toe ek dit vasgemaak het, het die plafonluidspreker lewendig geword.

"JOU TYD IS VERBY. NOU IS JY MY SLAAF."

O shit, ek het vergeet om my polse te sluit, ek het in die gag geskree.

Desperaat het ek die sak gekry, dit oopgemaak, en na wat soos 'n ewigheid gelyk het, het ek 'n oop hangslot gekry.

Vinnig, maar met moeite en dit moes my 2 minute of meer geneem het, kon ek die boeie agter my rug vasmaak.

Toe kniel ek daar in totale onderdanigheid, knieë uitmekaar.

Ag nee! Ek het nie die sak toegemaak nie.

Ek het daar gekniel vir wat gelyk het na die langste tyd in die wêreld terwyl ek geluister het na die deur oop en toe.

Daar was nie 'n geluid nie; Hy het niks gesê nie.

Die stewels het op die vloer geklik en ek het geweet aan die beweging van lug oor my lyf en die reuk van haar parfuum dat sy naby was.

God dit het fantasties geruik.

Dit was jare sedert ek so 'n vrou so na aan my gehad het.

Ek kon die leer van sy stewels hoor, het ek gedink en verbeel my hy inspekteer die sak.

Ek kon die leer ruik wat hy aangehad het en ek het opgewonde begin raak toe ek in onderdanigheid kniel.

Plof!

"Agrrrrrrrrrrr," kreun ek nadat ek 'n skop in my balle gekry het wat seerder was as enige ander pyn wat ek nog ooit in my lewe gekry het.

Die onverwagte pyn het my knieë gedwing om saam te sluit.

"Jy was ongehoorsaam aan my, jou nikswerd stuk kak. Sprei NOU daai knieë uit!"

Ek het stadig gehoorsaam en my knieë wegbeweeg in die verwagting om nog 'n hou te kry, maar niks het gekom nie.

Ek het in die gag 'n ononderskeibare "Jammer Meesteres" geprewel.

"Jy stel my teleur, Peter. Jy het jou eerste opdrag gedruip en gevolglik sal jy nie jou pak slae kry voor die partytjie vanaand nie en dit sal verdriedubbel word."

Partytjie? Waarvan praat jy?

Ek het skielik gedink en Lucy moes my besorgdheid gevoel het as gevolg van een of ander beweging van my liggaam.

"Ek gaan vanaand van my vriende oornooi. Wil jy dit as my slaaf bywoon, Peter? Jy sal die hoofattraksie wees; eintlik, vanaand, sal jy die enigste attraksie wees. Wel, stel jy belang?"

Ek het al hierdie nuwe inligting probeer absorbeer toe...klap...sy hand op my linkerwang beland.

Damn, dit maak seer.

"Ek het jou 'n vraag gevra, Peter. Stel jy belang? Indien nie, eindig jou diens dadelik!"

So goed ek kon, het ek my kop geskud om aan te dui dat ek belangstel en in die gag gemurmureer:

"Laat my asseblief jou partytjie bywoon, Meesteres Lucy."

"Goed Peter, jy sal toegelaat word om huis toe te gaan en reg te maak vir die partytjie, maar eers het ons 'n paar dinge om hier en nou te sorg. Jy het nie die instruksies baie goed gevolg nie, het jy? Jy het nie vertrek nie. enige speelgoed vir ons sessie, jou halssnoer is "Ek laat los en ek is geil soos die hel. Baie slegte teef want ek beplan om vanaand baie hard op jou te wees hiervoor."

Hy gryp my toe aan die hare en trek my kop terug tot op die punt waar ek kon dink hy kyk af na my gesnoeide en geblinddoekte gesig.

"Oor 'n paar minute, my hoer, sal jy nie meer so ongehoorsaam wees nie," sê hy in 'n diep, gebiedende stem.

Ek het geweet wat hy bedoel en ek het stil daar gekniel nadat hy my kop losgelaat het.

"Eerstens moet ek jou leer om altyd jou Meesteres te respekteer en te gehoorsaam."

Die geluid van sy stewels het aangedui dat hy wegbeweeg het en gou hoor ek iets in my rigting skuifel.

Toe voel ek haar langs my en ek voel ook iets voor my beweeg.

Sy hand was op die agterkant van my kop besig om die blinddoek los te maak wat stadig afgedop het en ek het verskeie kere geknip om by die lig aan te pas.

Voor my was die kant van 'n swart houtbank wat vier voet lank moes gewees het met 'n swart opgestopte leerblad van omtrent twee voet breed.

Die vertrek was nou ten volle verlig en terwyl ek rondkyk het ek al die leeritems en swepe opgemerk wat aan die mure hang en al die kettings en toue wat van die plafon af hang.

Toe ek my kop verder na regs draai, WAS DAAR SY.

O shit, sy is so pragtig, het ek gedink.

Sy was nog in die swart leerstewels, maar sy het net 'n klein swart leerkorset gedra wat die area van haar heupe tot net onder haar borste bedek het, en 'n paar swart leerhandskoene.

Ek het dadelik begin hard word.

"Staan op, slaaf, buk oor die bank," beveel hy.

Eerlik gesê, ek het probeer opstaan, maar ek was styf van al die tyd wat ek op my knieë spandeer het en die kettingremme aan my enkels het dit onmoontlik gemaak.

Maak nie saak hoe hard hy probeer het nie, hy het altyd op sy knieë geval of een of ander kant toe geval.

"O, fok," het sy geskree en ek het geweet sy is kwaad vir die uitdrukking op haar gesig en die toon van haar stem.

Skielik het dit gelyk of hy spring en die ring aan die voorkant van my nek gegryp.

Verdomp, daardie seer, het ek vir myself gesê toe ek skielik op die bank staan en my enkels skop terwyl ek dit doen.

Toe ek kreun, was al wat sy gesê het:

"Word gewoond daaraan, seun! Vanaand sal erger wees."

Nadat hy my op die bankie gegooi het, het hy my met 'n tou van die ring aan my nek vasgebind aan 'n ogie onderaan die bank, sodat ek van my kop tot my skouers oor die bankie gebuig was.

Uit die hoek van my regteroog kon ek sien hoe My Meesteres 'n leerband vat wat saam met baie ander bande aan die muur gehang het.

Dit was miskien drie duim breed en nie baie dik nie, en ek was dankbaar dat dit nie die kapper se tou was wat nog aan die muur gehang het nie.

Klap...klap...klap.

Sy het die band teen my boude gegooi vir wat soos 'n ewigheid gelyk het.

Toe ek probeer beweeg om die inperking te ontsnap, het sy my met my geboeide polse vasgehou en my arms opgelig om my beweging te stop.

Uiteindelik maak hy klaar en sy hand streel oor my boude terwyl hy afgeleun en my skouer lek.

"Jy moet my altyd gehoorsaam, Peter. Verstaan jy?"

Ek het 'n Yes AMA in my gag gemompel terwyl hy na die sportsak op die vloer beweeg het.

Toe, terwyl hy daardeur kyk en dink waarna hy soek, trek hy 'n leergordel uit met 'n swart dildo op.

Ek het gekyk hoe sy dit vinnig om haar middel en tussen haar bene hou totdat dit veilig en op die regte plek voel.

Toe stap sy stadig heen en weer om seker te maak ek kan sien wat gaan gebeur en gaan staan voor my.

Hy lig my kop aan my hare en lei die dildo na my gag.

"Slaaf, ek het die kleinste dildo gekies waarmee ek jou moet naai. Ek hoop jy waardeer my gebaar. NOU, suig dit sodat dit voorberei en nat is. Ek sal ook 'n smeermiddel gebruik sodat jy hierdie oomblik kan geniet, ons eerste saam."

Terwyl sy die dildo stadig in die gaggat gesit het, het ek probeer om dit so goed moontlik met my tong te hou en dit toe in die rondte gesirkel om dit klam te maak.

Om hom te suig was nie ter sprake nie, maar hy het geweet dit sou in die toekoms 'n vereiste wees; dalk selfs vanaand.

Die dame haal toe haar speelding uit my mond en staan op, waar sy die ketting aan my enkels oopgemaak en my bene oopgesprei het totdat ek gedink het ek sal in twee skeur.

Toe voel ek hoe sy handskoene die band wat tussen my bene loop losmaak.

Sy het my boude gesprei toe sy my onontginde gebied stadig betree het.

"O ja," gil hy herhaaldelik terwyl hy homself in my indruk en my dan nou ernstig begin naai met een hand op elkeen van my heupe.

Ek het nie voorheen aandag daaraan gegee nie, maar nou het ek besef dat my piel hard is en teen die bank gevryf word terwyl my minnaar my genaai het.

Sy het ook my groei opgemerk en een hand het na my piel gegaan en dit hard gedruk.

"O, jou klein speelding. Dit gaan ons almal vanaand tevrede stel, maar onthou, as jy kom, sal jy dit moet aflek. O, ja, klein teef, fok, o, so goed."

Toe het hy na 'n paar minute uit my getrek en my skouers vasgehou terwyl hy sy kop op my rug laat rus het.

Haar asemhaling was baie vinnig en hy het geweet sy is gelukkig.

"Jy is myne Peter, alles myne, moet my nooit los nie. Ek soek my hele lewe lank na jou."

Nadat sy my losgemaak het, het ek voor haar gekniel en gekyk hoe sy alles wat ek as slaaf gebring het oopsluit en uithaal.

Toe ek heeltemal naak was, het ek die slaweposisie ingeneem en gekyk hoe sy na 'n ander kabinet gaan en 'n swart fluweelsak uithaal.

Sy het teruggekom en voor my gaan staan.

"Peter, hierdie sak bevat alles wat jy vanaand moet dra. Jy mag niks anders dra vandat jy jou huis verlaat nie en jou kar sal deursoek word om seker te maak jy gehoorsaam. Jy kan ook gevolg word deur een van my vriende . jou huis na die partytjie toe, maar jy sal nooit weet nie, so jy moet gewaarsku wees.Jy moet nie die sak tot 17:00 oopmaak nie en jy moet presies 18:00 by die motorhuis ingaan kyk vorentoe en daar wag totdat iemand jou kom haal. Nou sal jy aantrek, huis toe gaan, rus, 'n ligte maaltyd eet en jou liggaam binne skoonmaak voordat jy aantrek vir die partytjie. O, en nog 'n ding, jy sal nie net jou gesig skeer nie, maar ook die res van jou lyf Slegs die hare bo-op jou kop, jou wenkbroue en jou wimpers word toegelaat Verstaan jy wat van jou vereis word my slaaf of moet ek myself herhaal?

"Ek verstaan mevrou Lucy."

"Goed Peter. Staan nou op."

Ek het gehoorsaam en skielik was sy naby my.

borste op my bors voel ; Sy warmte was bekoorlik en sy gebaar was totaal onverwags.

Hy het saggies 'n hand agter my kop geplaas en dit na syne gebring totdat ons lippe ontmoet het en dan geskei terwyl ons tonge tweegeveg het en ons in mekaar se arms gestaan het terwyl ons liggame een probeer word.

Toe sy wegstap, het sy my piel op aandag opgemerk en geglimlag.

"O, Peter, net nog een ding. Moet nooit sonder toestemming met jouself speel nie! Gaan maak nou reg vir die partytjie."

HOOFSTUK III

Ek het weer na my horlosie gekyk vir wat gelyk het na die miljoenste keer in die laaste uur en uiteindelik besef dit is amper tyd om die sak oop te maak.

Alles is gedoen soos deur Lucy beveel.

Dit was net 'n kort vyf myl se ry van sy huis na myne, wat verbasend was aangesien ons nog nooit voorheen ontmoet het nie.

Dit was ons eerste ontmoeting in die regte lewe wat baie verder gegaan het as wat ek verwag het en ek het geweet dat ek verlief was op haar en dat sy my sou laat doen wat ek ook al aan haar wil doen.

God, ek was geil , maar ek het daar gesit en probeer om sy bevel te gehoorsaam om nie met my te speel sonder sy toestemming nie.

Normaalweg, ná die oggend wat ek net spandeer het, het my regterhand met alles gespeel, maar dit sou nie nou wees nie.

Daar was dit uiteindelik vyf die middag en ek het die trekkoord bo-op die swart fluweelsak wat die dame vir my gegee het losgemaak.

Dit het gelyk of my hartklop verdubbel in afwagting van wat ek moes kry en ek het my oë toegemaak toe ek in die sak steek.

Ek het die koue van metaal en die warmte van leer en rubber gevoel toe my hand alles in die sak gryp en dit op die bed gooi.

Daar op die bed was alles wat ek daardie aand moes dra, wat bestaan het uit 'n kraag, 'n klein harnas, en 'n buisie lube met 'n butt plug.

Goddank dit was klein, het ek gedink toe ek dit sien.

Ek het dadelik begin aantrek deur eers die halssnoer te neem en te bepaal hoe ek gedink het dit moet gedra word.

Dit was soortgelyk aan die een wat ek vroeër die dag gehad het, behalwe dat dit net twee duim lank was en drie D-ringe gehad het: een voor en een aan elke kant.

Dit het 'n oop hangslot aangeheg en toe ek geweet het hoe dit werk, het ek dit dadelik aangesit en dit so styf as wat ek kon vasgegespe sonder om myself te verwurg, en toe die hangslot vasgemaak en toegemaak terwyl ek in 'n spieël gekyk het sodat ek geen foute sou maak nie.

Toe het ek na die harnas in verskillende posisies gekyk en dit uiteindelik uitgepluis.

Ek sal beide die butt plug in plek hou, sowel as my ontberings, aangesien daardie donnerse klein haanring weer daar was.

Ek het voor die vol spieël in my kamer gestaan en opgemerk dat vandat ek al my skaamhare geskeer het, my piel twee keer so groot was, selfs al het dit slap daar gehang.

Ek het 'n glimlag op my gesig gesit en gehoop dat My Meesteres ook bly sal wees wanneer sy my weer sien.

Die harnas was soortgelyk aan die lyftuig wat hy vroeër die dag gedra het.

Dit moes op heupvlak gedra word en het twee omvou-bande aan elke kant gehad wat aan 'n metaalring aan die voor- en agterkant gekoppel is.

Ek het hierdie bande stewig vasgemaak en toe na die harde deel gegaan en eers my balle gedruk en dan my piel deur daardie verdomde ring wat ek geweet het Lucy het te klein geplaas.

Toe ek hulle deur die ring laat vassteek, het ek weer in die spieël gekyk en gedink hoe goed dit lyk.

Dit behoort die treffer van die partytjie te wees.

My knieë het 'n bietjie begin bewe toe ek gedink het oor wat ek volgende moet doen, aangesien dit die eerste keer sou wees dat ek 'n butt plug gebruik.

Ek het die lube gevat en genoeg aan die punt gesit dat ek dit dadelik in my boudgat en sy aanvanklike opening gevryf het.

Toe sit ek soveel lube op die prop as wat ek kan en sprei my bene, hurk 'n bietjie af en sit dit stadig op my boude.

Die prop het 'n plat basis gehad wat verhoed het dat dit my heeltemal suig en oortollige smeermiddel het om dit gevloei.

Dit het makliker ingegaan as wat ek gedink het en ek het 'n sneesdoekie geneem en die oortollige smeermiddel weggevee voordat ek die harnasband van die haanring tussen my bene verwyder en dit aan die agterste ring vasgespan het.

Die harnas het 'n sakkie vir die boudprop gehad, maar aangesien ek dit te laat opgemerk het, het ek dit net om die boudprop gedraai en gehoop dit hou dit in my boude met alles styf.

Ek het die tyd nagegaan en besef dis tyd om te gaan en dis toe dat ek besef ek gaan amper kaal ry en ek het vir myself gesê ek moet geen verkeersreëls oortree nie, anders moet ek myself verduidelik.

Ek het gehoop niemand sal by my verbygaan of langs my stop nie.

My motorhuis het direkte toegang van my huis af gehad en met die outomatiese motorhuisdeur-opener het ek gemaklik gevoel dat my bure niks ongewoons sou opmerk nie.

Dankie tog vir getinte vensters.

Ek het 'n handdoek op die bestuurdersitplek gesit en my beursie en lisensie was reeds in die handskoenekas toe ek in my gedagtes deur die kontrolelys hardloop.

Ek wens dit was winter en alles was donker, maar dit was 'n warm somersdag en donkerte sou nog nie vir 3 ure kom nie.

Ek stap toe weg van die huis af nadat ek seker gemaak het die motorhuis is toe.

Wat de hel doen ek, dis net ure sedert ons eerste ontmoeting, dink ek terwyl ek stadig na sy huis toe ry terwyl ek die verkeer dophou en voel hoe hy in my inskakel.

Ek het voortdurend die truspieël nagegaan vir die polisie en enigiemand anders wat my volg.

Daar was geen polisie in sig nie, maar dit het gelyk of 'n klein swart sportmotor my op 'n afstand agtervolg het, maar ek was nie heeltemal seker daaroor nie.

O, ek het dit gedoen!

Ek het vir niemand geskree nie, maar amper, toe ek by die oprit intrek en motorhuis toe ry.

Toe ek by die motorhuis intrek, het ek besef ek is amper vyf minute vroeg en, sonder om te weet wat om te doen, het ek eenvoudig afgetrek waar ek moes en die enjin afgeskakel.

Ek het daar gesit en dink en myself oortuig dat alles oukei is.

Ek het my horlosie afgehaal en dit op die sitplek langs my neergesit.

Die motorhuisdeur het agter my gesluit en my hart het vinniger begin klop saam met die verharding van my piel.

Toe sit ek in die warmte van my hande op my dye en wag vir wat soos 'n ewigheid gelyk het.

Ek het die deur na die huis hoor oopgaan, en kyk na die horlosie op die sitplek, en ek sien dis vyf minute oor die uur.

Dit moes opwinding gewees het, want ek het omgedraai om 'n vrou by die deur te sien kom en na my toe kom.

Sy was die grootte van 'n Amasone, maar sy was nie vet nie, sy was net groot, omtrent my lengte, het ek gedink, baie aantreklik, haar bruin hare vasgebind in 'n hopie bo-op haar kop soos 'n misplaaste fuzzy poniestert.

En die hoer het die grootste stel tiete gehad wat ek nog ooit gesien het.

Wag 'n oomblik, het ek gedink.

Ek het haar al voorheen gesien.

Sy werk by die drankwinkel.

Ek het gekyk hoe sy die deur nader en dit reflektief oopgemaak om haar te groet.

"Haal jou fokken hand by die deur uit en kyk reguit vorentoe. Jy is 'n slaaf! Sit en gehoorsaam." Sy het beveel.

Ek het dadelik my hand van die deur verwyder en daar gesit en probeer kyk wat pas gebeur het.

Sy moet 'n Meesteres wees.

Sy moet gehoorsaam word, het ek gedink.

Die deur het heeltemal oopgegaan en ek het na links gekyk sonder om my kop te beweeg en gevind dat ek na 'n pragtige stel bobene kyk.

Haar ongeskeerde poesie was bedek met 'n rooi lap wat 'n kwart so groot soos 'n gesigsdoek was en aan 'n dun goue tou aan haar heupe gehang het.

Sy het 'n leerkraag om haar nek gedra wat minder as 'n duim lank was en het in goue letters Slaaf daarop gesê.

"Hou jy van wat jy in die gat sien? Ek het gesê jy moet reguit vorentoe kyk."

"Ja, mevrou. Ek is jammer, mevrou." Ek het geantwoord.

Klap...

Sy het my met haar regterhand aan die kant van my kop geboei.

"Ek is nie 'n minnares nie, maar jy moet my gehoorsaam totdat ek my pligte nakom. Jy kan na my verwys as Cindy of slaaf Cindy. Verstaan jy?" sy het gevra.

"Ja, slaaf Cindy. Ek verstaan jou teef!"

"O, die slaaf het mal geword," lag hy en voeg by, "jy sal nie gou lag nie, seun. Het jy al by 'n partytjie gedien?"

"Nee, dit is my eerste dag saam met Lucy." Ek het geantwoord

Klap...hierdie keer het sy hand op my mond beland.

"Dit was niks in vergelyking met wat gaan kom nie. Jy sal net Mev. Lucy genoem word tensy jy in die openbaar is. Verstaan jy?"

"Ja, slaaf Cindy." Ek het gereageer en my kop geknik om dit aan te dui.

Hy gryp toe die D-ring aan die linkerkant van my nek en wys sy krag, trek my vinnig en rofweg uit my kar en hou die ring op middellyfvlak toe hy die deur toemaak.

Ek het vergeet van die prop in my boude, wat 'n bietjie begin seer word, en ek het 'n kreun uitgelaat om dit aan te dui, wat Cindy net haar nek laat skud het as 'n manier om vir my te sê om te stop.

Terwyl ek teen haar vryf, het ek haar sagtheid gevoel, haar reuk geruik, en vir 'n sekonde het ek gedink om op haar te spring, maar 'n ruk aan my nek het daardie gedagtes uit my gedagtes laat val.

Daar was 'n deur aan die agterkant van die motorhuis, wat hy oopgemaak en my deur gelei het.

Ons het in geloop wat gelyk het soos 'n nutskamer met grassnyers en so aan die een kant en 'n tuisgimnasium aan die ander kant.

Daar was 'n venster wat uitgekyk het op 'n baie groot, pragtige en privaat tuin, wat ek binnekort sou ontdek, het oor die hele agterkant van die huis en eiendom gespan.

Dit was uiters privaat en het vanaf hul patio, wat sowat dertig voet bo die oewer was, oor die meer uitgekyk.

Daar sou nie 'n buurman in die verte wees wat iets kon hoor nie.

"Buig en plaas jou hande op die bank," het hy beveel en dan weer beveel, "sprei jou bene drie voet uitmekaar."

'n Kort bankketting wat 'n veiligheidshaak gehad het, is aan die kraag vasgemaak as 'n herinnering om nie te beweeg nie.

Cindy het toe my bene verder uitmekaar geskuif en die agterkant van die harnas losgemaak om haar toegang tot die boudprop te gee.

"Ek het jou al by die drankwinkel by die winkelsentrum gesien," het ek vir hom gesê.

Klap...klap...klap.

Cindy sit haar hand hard op my gat.

"Asgat, ons privaat lewens is ons privaat lewens en moet nooit in enige ontmoeting van jou met enige Minnaar of in enige vergadering van die Pleasure of Pain Group bespreek word nie. Verstaan jy dit, Peter?"

"Ja, Cindy, ek verstaan. Is dit die groep vanaand, Pleasure of Pain?"

"Dit is wat dit genoem word, Plesier van Pyn, en jy moet nooit daarvan kennis neem of dit in jou privaat lewe noem nie."

Skielik ... "Agggggggggggg," kreun ek toe hy die boude sonder waarskuwing uittrek.

"Julle nuwelinge kry dit nooit reg nie," sê hy terwyl hy die pet voor my gesig hou. "Dit is veronderstel om eers in die harnas sakkie te gaan en dan binne haar anus. So."

"Aggggggg"...damn...sy het hom doelbewus gestamp, het ek gedink.

Nadat ek die harnas weer so min as moontlik vasgemaak het, het slaaf Cindy die ketting uit my kraag losgemaak en my opgelig.

Hy het op sy horlosie gekyk en gesê:

"Ons raak min tyd weens jou onnoselheid. Gryp twee twintigpond handgewigte en doen opstote totdat ek vir jou sê om te stop."

"Eh," het ek geantwoord, aangesien ek dit glad nie verstaan het nie.

"Jou stomme gat, moet ek alles vir jou doen?"

Hy het toe na 'n rek gestap wat onder die venster was en twee twintig pond gewigte uitgetrek asof dit vere was en 'n paar push-ups vir my gedoen.

Ek kon voel hoe my gesig rooi word van die onnoselheid van my kommentaar.

Nadat hy my die gewigte gegee het, het ek dadelik die bestelde opstote begin doen, maar ek het gewonder hoekom ek dit doen.

"Hoekom de hel lig ek gewigte op? Ek het gedink ek is hier vir 'n partytjie?" sê ek vir Cindy toe sy wegstap van waar ek gestaan het.

Wat 'n pragtige gat het sy.

Sy is dalk 'n bietjie mollig, maar ek wed sy is 'n fantastiese mollig, het ek gedink.

Hy het gestop en omgedraai om na my te kyk en gesê:

"Is jy dom of wat? Jou minnares wil vanaand haar nuwe slaaf voorstel en sy verwag dat haar slaaf 'n perfek getinte lyf sal hê. Jy beter vanaand 'n goeie show opstel, Peter of jy sal nie volle lidmaatskap in die Groep gegun word nie. ." . Verstaan? En hou op om na my te kyk! Ek is ook juffrou Lucy se slaaf."

Damn, nog 'n onderdanige teef, het ek gedink.

Terwyl ek aanhou werk aan my lyf en probeer om my buikspiere en spiere weer lewendig te maak, het Cindy 'n groot blou seil uit 'n kas getrek en dit in die middel van die kamer, op die vloer, reg voor 'n motorhuis geplaas. deur. na die agterplaas.

Hy het hom besig gehou deur twee bottels voor die seil te plaas, dan 'n ton tou aan weerskante en dan van die ander kant van die vertrek, hy het wat soos 'n groot stuk hout gelyk het van die vloer af opgelig en op die grond neergesit. .

Die agterkant van die doek.

Ek kon agterkom dat dit nie lig was nie, want dit het gelyk of ek eers 'n bietjie daarmee gesukkel het, maar hy het bewys hoe sterk hy is deur dit maklik op te tel sodra hy beheer het.

God, hy flous my, het ek gedink.

'n Heeltemal gewillige pragtige vrou met ongelooflike krag.

Ek het begin om my opleiding te vertraag, beide weens 'n gebrek aan opleiding en deur te fokus op die hout wat Cindy op die mat geplaas het.

Dit was nie grof nie, maar dit het gelyk of dit geskuur en met 'n vernis afgewerk is.

'n Groot bout in die middel van een oppervlak was die enigste ding wat die gladheid van die stuk versteur het, wat gelyk het of dit vier duim by vier duim en ongeveer ses voet lank was.

Sodra Cindy alles in plek gehad het, het sy na my toe gestap en gekyk hoe ek sukkel met die gewigte, wat klaarblyklik omtrent tien keer meer weeg as toe ek begin oefen het.

Sy het gelag en 'n sagte hand oor my bors en buikholte gedruk.

"Mmmm... goed kind. Is jy gereed om te stop?"

"Ag asseblief, ja, ek kan dit nie meer doen nie. My arms voel asof hulle gereed is om af te val en my biseps brand," het ek gereageer.

"Ha ha ha... Ok, stop! Sit die gewigte neer en staan in die middel van die mat, na die deur toe. NOU!"

Ek het die gewigte saggies neergesit en na die middel van die mat gespring.

Toe ek daar gestaan het, kon ek die tuine sien, want die deur het 2 klein vensters.

Damn, ek kan selfs vir Maine oorkant die meer sien.

Dit het soos 'n warm, pragtige dag buite gelyk, maar hierdie kamer was lugversorg en het ons nie laat sweet nie.

"Sprei jou arms, slet, en sprei jou bene! Hou daardie posisie en moenie beweeg nie!"

"Moet jy my beledig, Cindy? Kon jy my nie maar Peter noem nie?"

"Ek is net besig om jou geestelik voor te berei om die partytjie seun te wees en ek waardeer regtig nie iemand wat my Meesteres probeer steel nie," antwoord sy terwyl sy na een van die bottels gryp.

O, sy is jaloers!

Hy het agter my aangekom en die inhoud van die bottel op my rug begin vryf.

Christus, dit ruik soos 'n piña colada, het ek vir myself gesê terwyl daardie sagte hande aanhou om my rug te vryf.

Toe kry hulle my boude en sy knyp hulle met 'n giggel.

Toe het sy voortgegaan om my bene heeltemal af te laat sak.

"In geval jy wonder, slaaf, ons Meesteres het gedink jy sal 'n groot indruk op die ander maak as jy almal geolie is en dit is wat ek nou aantrek en dit is 'n lekker smaak van somer, nie waar nie dink? Mmm... jou vel is lekker sag en glad. Hulle sal daarvan hou... mmmmm"

Toe bedek hy my verlengde arms heeltemal met olie tot by die punte van my vingers.

Nadat ek dit aan die kante van my bors gevryf het, is die bottel leeggemaak en sy het die tweede een geneem.

Hierdie keer vryf sy saggies oor my nuut getinte borsspiere en ek kon die kyk in haar oë sien en ek het geweet sy wil my hê.

Sy het op my haan en balle gespring, my bene klaargemaak en toe neergekniel en my haan hard gegryp, dit vasgedruk totdat ek kreun.

Toe sien ek haar lippe op my lid terwyl sy liggies aan die punt suig.

Dit was net die normale beweging van 'n geil mannetjie toe ek 'n hand op die agterkant van haar kop geplaas het toe my piel hard geword het en ek dit in haar mond gesit het.

Haar reaksie was vinnig toe sy my lid byt en my balle met haar regterhand slaan.

Al wat ek onthou was om so hard as wat ek kon te skree: O shit! 'n paar keer en dan hoor die telefoon lui.

op my privaat hande gebuk gebly het , het Cindy die telefoon geantwoord.

"Ja, mevrou, ek is jammer, mevrou. Hy het vir my orale seks probeer gee terwyl ek hom geolie het. Ja, mevrou, ek sal sê ja, ons sal. Ja, mevrou ." was wat ek hom oor die telefoon hoor sê het.

"Wel, Peter, die Dames is nie gelukkig met al die geraas wat jy gemaak het nie en gevolglik sal jy vyf-en-sewentig houe kry in plaas van die sestig wat jy die vorige dag verdien het. En die beste ding is dat ek vyftien van sal gee. die vir jou prestasie van nou af, so skree weer as jy wil. Wanneer ons hierdie kamer verlaat vir die partytjie, wil juffrou jou fokken piel so hard soos 'n fokken staalstaaf hê en sy wil hê jy moet baklei soos ons nader kom. Verstaan jy, slaaf?

"Ja, ek verstaan," het ek uitgeblaker terwyl ek na my seer piel en balle kyk.

Komaan.

Staan op.

Verhard.

Ek het probeer om dit op te rig, maar ek het nie veel sukses gehad nie.

Cindy het voor my gekniel en haar sagte, olierige hande saggies oor my piel en balle gehardloop vir wat soos 'n minuut of twee gelyk het.

Om net na haar te kyk wat my oraloor smeer en haar my lid laat streel, het lewe daar teruggebring.

Sy het verlig daaroor gelyk toe sy my lyf klaar geolie het en die bottel neergesit het.

"Gaan op jou knieë, seun! Vinnig, ons is amper laat!"

Terwyl ek dit gedoen het, het sy agter my gegaan en op daardie stuk hout begin om stukke tou op verskillende plekke vas te bind, sodat daar omtrent 'n voet tou aan albei punte van elke tou op elke plek gehang het, waarvan ek agt getel het as Ek het oor my skouer gekyk om te sien wat gebeur.

Toe lig hy die hout, knorend oor die gewig, lig hy dit tot op die vlak van my skouer.

Dit was 'n juk! Hy moes soos 'n stuk vleis behandel word.

"Kantel jou kop 'n slaaftjie en strek jou arms na my toe. Dit mag dalk swaar lyk, so wees voorbereid."

Ek het dit gedoen en die gewig dadelik so ongemaklik en so onstabiel gevind dat die stuk omgeslaan het en die linkerkant op die vloer kom lê het.

"Ag, om Gods ontwil, Peter! Is jy swak of wat? Jy is 'n fokken moron, nie waar nie?"

Hy het die tou vinnig om my arms vasgemaak en begin met die tou naaste aan my bolyf aan my regterkant totdat al 4 styf om my arm was.

Ek het probeer om my arm te draai om dit los te maak, maar die enigste beweging wat beskikbaar was, was van my hand af.

"Nou, wees versigtig wanneer jy jou kop terugsit, seun, want daar is 'n bout in die hout onmiddellik agter jou kop. Sprei nou jou knieë sodat ek dit kan balanseer!"

Terwyl ek gehoorsaam het, het hy na die linkerkant gegaan en die hout en die arm onder dit vasgehou, dit uitgetrek en op my skouers gebalanseer.

Hy het toe die tou vasgebind wat my arms in plek hou in 4 verskillende soortgelyke afdelings aan die regterkant.

O shit, dit maak seer, dink ek toe ek die volle gewig daarvan voel, asook die butt plug, wat weer lewendig geword het en seker besig is om my binneste uit te skeur.

Ek het 'n bietjie gekreun en gekerm, wat gelyk het of dit die Amasone verlustig het.

"Goed, kom ons kyk of ek jou kan help om op jou eie op te staan, in plaas daarvan om die hyser te gebruik." Hy het gesê toe hy my begin regop sit en toe het ek sy voorbeeld gevolg deur my knieë te herrangskik en dan op te staan.

Ek het die pyn binne en op my geïgnoreer en opgestaan.

Haha , wie is nou die swakste, teef?

Cindy tel weer die oliebottel op en druk haarself toe teen my sodat ek haar groot tiete teen my lyf kan voel en gou soek my piel na enige deel van haar.

"Sal jy my later huis toe vat, Peter? Ek het nodig dat jy my vat en ek sal dit die moeite werd maak."

Het sy dit bedoel of speel sy met my?

Dit het nie saak gemaak nie, want dit het die gewenste effek gehad om my hard en regop te maak tot die punt dat ek geweet het dit was die moeilikste ereksie wat ek die hele dag gehad het.

Toe het hy 'n bietjie aanraking oor my hele lyf gedoen om seker te maak alles is in plek.

Nadat sy op my piel gekom het, het Cindy gekreun oor wat sy gesien het.

Toe sit hy die bottel neer en gaan soek die tou.

Hy het twee lusse opgerolde tou gehad wat hy weerskante van my geplaas het.

Dit was nie soos die dik nylontou wat my arms in plek gehou het nie, maar kleiner soos 'n wasgoeddraadtou.

Twee keer, met al sy krag, het hy die een punt van elke opgerolde tou aan een van my duime vasgebind, en die knope styfgedraai totdat ek elke keer as hy dit gedoen het, kreun.

Hy het elke deel van die tou opgerol en dit soos leisels vasgehou.

"Nou, wanneer hulle ons na die partytjie roep, trek ek jou na hulle toe en ek wil hê jy moet vir die Dames veg, maar nie so hard dat jy val nie. Ons wil hê jy moet baklei sodat almal opgewonde raak. Verstaan jy Pieter? O, shit, amper vergeet ek."

"Ja, Cindy, ek verstaan. Ek is die wilde dier aan die leiband." Ek het gereageer terwyl ek kyk hoe sy na 'n kabinet toe hardloop waaruit sy 'n stuk ketting en, fok nee, staalboeie uitgetrek het.

Sy trek 'n rekkie wat die armbandsleutel oor haar regterpols hou terwyl sy na my toe hardloop.

"Gaan Peter, kry jou voete bymekaar!" Sy het bestel en ek het geweet die vertoning gaan begin.

Hy het gebuk en sy boeie op elke enkel geplaas en dit in plek gesluit.

Die klik wat elke slot gemaak het, het so hard soos 'n gil gelyk.

Toe sy voor my kniel, het sy my piel in haar mond gesit en vir 'n paar sekondes hard gesuig wat ek gewens het vir ewig sou hou.

"Dit was om jou meer op te beur," sê sy en vat aan my lyf met die olie wat sy in haar mond geneem het.

Net toe hy opstaan, het die motorhuisdeur oopgegaan en 'n stormloop warm lug het ons lywe getref.

Cindy het die stukkie rooi lap wat haar poes probeer bedek het sonder veel sukses aangepas en seker gemaak haar halssnoer is reg in lyn gebring.

"Gereed, Peter?"

"Kom ons doen dit jou verdomde teef!" Ek het geantwoord.

Hy het my aangegluur en toe die twee toue wat aan my duime vasgebind was, opgetel, hulle styfgetrek en my gesukkel in die middagson uitgesleep.

HOOFSTUK IV

"Verdomp...hou op om so fokken vinnig te trek," fluister ek vir Cindy.

Toe het my juk teuels losgemaak en ek merk op dat Cindy gestop het toe sy links draai na die Fiesta en kyk na die drie naderende mannetjies, elk met 'n spoel tou of leerbande.

Hulle was naak, behalwe vir 'n klein leer-lendedoek wat hul privaat dele bedek het.

Al drie was omtrent my grootte en ouderdom en elkeen het ook 'n halssnoer gedra wat identies was aan die een wat ek gedra het.

"Ons sal hom hier uitkry, slaaf Cindy. Jy moet dadelik by slaaf Ken aanmeld," het een van hulle gesê.

"Nee, hy is nog nie gereed hiervoor nie. Peter, ek het nie geweet nie! Hardloop! Gaan hier weg! Nou!" Cindy het my gesmeek.

Ek het begin omdraai om te vertrek, maar twee van die manlike slawe het my reeds ingehaal en die tou wat aan my duime vasgemaak is, gegryp.

Alhoewel met die ketting aan my voete vas, sou ek in elk geval nie daarin geslaag het om vyf treë te loop nie.

In die verte het ek 'n groep vroue opgemerk wat noukeurig die situasie waarneem waarin ek was en voor in die groep was juffrou Lucy.

Toe besef ek Cindy loop, nee, hardloop weg met haar kop na onder en ek dink sy het gehuil.

Waarin het ek myself begewe?

Wat 'n idioot is ek.

Toe het my situasie en diegene wat my gehad het my teruggebring na die werklikheid.

"Groete, slaaf Peter, ek is slaaf James en hierdie twee here is slawe Bob en Frank. Moet asseblief nie vir ons 'n probleem gee nie, Peter, en dan sal daar geen probleem vir jou wees nie."

"Hoekom fok jy nie af nie? Los my uit! Niks hiervan is met mev. Lucy bespreek nie, so ek is hier weg," het ek vir die een genaamd James geskree.

"Hou hom styf vas," sê James vir die ander sonder om eers na my te kyk.

Sy gryp toe die skag van my penis wat alles behalwe regop was, trek dit hard en gly 'n knoop toutjie wat styfgetrek het net agter die kop.

Toe trek hy die tou so styf dat ek 'n lang, harde gil uitblaas.

"Dit maak jou baster seer, haal dit af, haal dit af!" Ek het geskree en met al my mag baklei.

Toe ek dit gedoen het, het ek oor die grasperk gekyk en gesien hoe die vroue kyk terwyl hulle 'n glas wyn drink.

Dit het gelyk of ander naakte slawe daar was, waarskynlik as bediendes, en hulle het ook alles dopgehou.

"Vir jou kennis was dit mev. Lucy wat hierdie situasie beveel het. Jy moet trots voel, aangesien dit nooit op die eerste dag gebeur het nie en as jy haar oortref, sal sy met alle regte 'n lid van die Group Elite word. Nou, jy sal vermaak en julle sal ander behaag deur te baklei. Beskou ons net as julle broer slawe wat hier is om julle sommer vanaand te help, ha ha. En ons is regtig jammer oor wat gaan gebeur. Ok, ouens, haal die tou van julle duime en sit die bande op die kraag. Ek moet die nuweling vat en tensy hy die punt van sy piel wil verloor, sal hy hom gedra."

O God, wat het ek gedoen?

Wat gaan jy aan my doen?

Ek het na elkeen van my ontvoerders gekyk met die hoop dat dit hulle soos kak sou laat voel, maar al wat ek gedoen het was om hulle kwaad te maak en hulle het aan die bande getrek wat elkeen van hulle aan my gehad het.

Die drie kyk na mekaar, knik en draai na die Dames, sak op een knie, koppe na onder, elkeen hou haar leiband in die lug met haar regterhand.

Ek het na my drie ontvoerders gekyk en gewonder wat de hel aangaan.

James was voor my en het die kraagband vasgehou en Bob was aan my linkerkant met Frank aan my regterkant, elkeen wat die kraagbande vasgehou het.

Ongeveer honderd voet in 'n reguit lyn, onder 'n groot afdak om hulle teen die warm son te beskerm, het die Dames 'n ry stoele opgestel met twee van hulle voor in besetting deur mev. Lucy en 'n ander Afro-Amerikaanse vrou.

Al die dames het 'n soortgelyke eenvoudige swart rok met goue bykomstighede en swart stewels gedra.

Die vrou langs Lucy staan op, draai om en wys na 'n knielende slaaf en beduie vir haar om nader te kom.

'n Lang, goed bruingebrand en geoliede slavin met lang reguit swart hare staan op en gaan staan met haar kop gebuig voor juffrou Lucy en die swart dame.

Elkeen van die twee dames het vir hom 'n item gegee wat hy in elke hand vasgehou het en toe omgedraai en na ons toe gestap.

O God, sy is ook pragtig, het ek gedink, en toe ek haar met Cindy vergelyk, het ek opgemerk dat sy ewe lank is, maar in baie beter toestand, wat alles beklemtoon is deur haar bruingebrande, geoliede vel.

Toe herken ek haar.

Sy was regsadviseur vir die plaaslike Eerste Nasie Indiese stam en was self 'n inheemse Amerikaner.

Toe ek rondkyk, het ek besef dat net hierdie vrou, 'n paar knielende slawe, en ek gesmeer is.

Nie een van my ontvoerders was nie.

"O shit, fok maatjie. Dis Angela. Sy sal jou balle afsny as jy haar 'n harde tyd gee," het Bob gesê.

"Ek is jammer, Peter, maar dis beter dat dit jy is as ons," het James gesê, met Frank wat ook ingestem het.

Ek het gekyk na die vrou wat ons nader met 'n lug van selfvertroue en 'n glimlag op haar gesig.

Sy het ook 'n stukkie rooi lap gedra wat haar kruis probeer wegsteek het, maar niks bedek het nie, en 'n goue ketting wat dit om haar heupe vasgehou het en niks anders nie, geen skoene of oorbelle nie, en sy het ook baie grimering gedra soos Cindy.

Ek het opgemerk dat hy in sy regterhand 'n bruin sweep vasgehou het en in sy linkerhand was iets wat ek nie kon sien nie.

Toe sy naderkom, het ek begin terugdeins en toe begin sukkel met die aangehegte bande, wat veroorsaak het dat my drie gevangenes opstaan en my in plek hou deur my terug te trek.

"Laat gaan die verdomde toue, julle basters. Laat my gaan! Los my hier uit! Om God se ontwil, ouens, julle gaan my nou uitlos."

Ek het dit so hard as moontlik geskree en besef dat Angela nou na ons toe hardloop, swart hare wat agter haar dans en ons amper al inhaal.

Dit het gelyk of die warm son sy geoliede vel verblind, wat 'n simpel ding was om aan te dink in plaas daarvan om 'n ontsnapping uit my penarie te probeer vind.

"Maak oop jou groot mond, seun," sê sy in 'n diep, sterk stem terwyl sy my linkerarm gryp, "ons wil nie hê die bure moet nou hoor nie, of hoe?

"Fok jou swart hoer, ek wil nou hier wegkom!"

Ek het dadelik besef dat ek niks moes sê nie, veral weens die neerhalende name oor haar Afrika-herkoms, maar sy het net geglimlag vir my kommentaar.

"Hou so aan en jy is dood, jou fokken vleis," fluister hy in my linkeroor. "Maak nou jou verdomde mond oop, seun," skree hy terwyl hy vir James knik.

Die pyn van 'n harde trek aan die haanband asook Angela wat my kop aan my hare terugtrek sodat my kop die bout in die hout tref, het my met my mond oop laat skree.

Dit is toe dat sy 'n groot stuk geweefde leer in my mond gedruk het, wat sy dadelik agter my kop invou tot so 'n kru knoop as moontlik.

"Hoe gaan dit met hierdie hoer?" blaf sy.

So goed ek kon, het ek deur die gag gereageer en gesê:

"Fok jou, jou walglike teef! Haal daai ding van my af! Ek wil hier weg wees," en alhoewel my reaksie soos ... Hmphhh... hmphhh... hmphhh geklink het, was die betekenis daarvan vir haar te bespeur. ... terwyl sy oop hand in 'n vuis gebal het terwyl hy probeer het om die situasie te beheer.

"James, gee my die gordelband en vat dan jou twee maatjies en hulle bandjies en fok hier weg, Meesteres Lucy en Meesteres Samantha het van plan verander oor vermaak, om regverdig te wees teenoor Peter, was dit nooit bespreek nie." met hom." Angela beveel.

"Maar ek..." stotter hy en dink beter daaroor.

Hy het vir sy twee assistente geknik en hulle het albei na die res van die groep begin stap.

Angela draai na die groep dames en lig haar linkerarm met 'n oop hand om 5 minute aan te dui.

Hy draai toe na my en gryp die D-ring aan die voorkant van my nek, wat hy getrek en my teruggesleep het na die nutskamer wat ek 'n paar minute gelede saam met Cindy verlaat het.

Sy het my terug op die mat gesit en na 'n kas gegaan om nog 'n bottel lyfolie te kry, wat sy teruggebring en voor my gaan staan het.

"Nou Peter, ons het net 'n paar minute oor, so laat ek jou inhaal. Jou Meesteres het so te sê die ante verhoog en jou as haar kaartjie aangebied om vinnig na 'n Elite-status in die Plesier van Pyn te beweeg. Het jy gehoor daarvan? Wel, wie gee in elk geval om wat jy dink? Het jy ingestem om haar slaaf te wees, Petrus? Het jy ingestem om die partytjie as haar slaaf by te woon? Dui dit aan deur jou kop te knik as dit waar is!"

Ek het ja geknik.

"Wel, dit stel dit reg. Ek was bekommerd dat jou vrees werklik kon gewees het, maar jy het 'n kontrak met Lucy geteken, en op die oomblik kan ek niks daaraan doen nie. Maar jy gaan betaal vir jou uitbarstings, en ek gaan jou jou kontrak met jou Meesteres laat nakom Weet jy wie ek is?

Ek het weer geknik, so sy het die tou van die kop van my penis losgemaak.

"Daar, ek sal nie daardie band nodig hê nie. Ek dink daardie drie swakkelinge het gedink wat sou beïndruk; dit moet 'n man-ding wees. Voel dit beter, Peter? Hou jy daarvan om die hele gewig van die juk op jou skouers te dra? Dit was my idee toe hulle my vertel het van jou fisiese eienskappe. Ek hoop dit maak jou baie seer, want die opmerkings wat jy oor my gemaak het, het my seergemaak en sal aan jou terugbesorg word."

Dit het gelyk of hy raas om my vrae te vra, maar hy het nooit 'n antwoord verwag nie, aangesien hy gesnoer is of sy kop geskud het, so ek het gedink dit is die beste om so te bly en niks te doen nie.

Terwyl sy praat, het sy die harnas wat sy aangehad het losgemaak en die prop stadig uit my boud getrek, maar sy het geen besorgdheid getoon om my balle en piel uit die ring te verwyder nie, wat my laat skree en op die gag vasbyt het.

Sodra die prop uit was, het sy dit alles op die mat gegooi.

Haar sagte hande het oor my gat, balle en saggies oor my piel gehardloop, wat meer as los was as die band wat daaraan vasgemaak was.

"Voel dit beter Peter?" sy het gevra.

Ek het vir die bevestigende gevoel geknik terwyl my spiere ontspan sodra die prop verwyder is.

Sy lag sag en sê:

"Wel, dit is goed, so jy beter dit geniet terwyl jy kan, want ek het iets 'n bietjie meer sinister vir die vertoning beplan. En waarvan gepraat word, ons beter aan die gang kom of ons is albei op Nou,

Peter, net om op te hou. "Sover jy weet, is die sweep wat ek het van berk, wat baie geraas verskaf, maar min skade, maar die swepe wat ander op jou sal gebruik is hoofsaaklik van geoliede kalfvel gemaak en veroorsaak aansienlike pyn, so wees versigtig Maar die twee tipes sal nie permanente merke op jou liggaam laat nie. Jy sal My gehoorsaam vir die res van die nag, want dit sal vir jou makliker wees en jy sal nie die kontrak wat jy met jou Meesteres gemaak het vergeet nie. Die eerste ding wat ek sal doen stel jou voor aan die Dames, waarvan die meeste hoë openbare of professionele posisies beklee en voorlopig hul identiteit en deelname geheim wil hou. Aan die hoof van hierdie skou is Lady Samantha, wat langs Lady Lucy sit. en moet 100% gehoorsaam word.Daar is geen ruimte vir foute by haar nie, doen net wat Peter sê. Verstaan jy Petrus? "

Ek het weer geknik, en terwyl ek dit gedoen het, het ek gekyk hoe Angela die olie aan haar lyf raak en sodra dit op haar bruingebrande vel was, het dit gelyk of dit die kamer verlig.

My swak lidmaat het weer lewendig begin kry, aangesien dit die plesier weerspieël het wat ek in my oë van die pragtige vrou voor my gesien het.

Toe kom hy na my toe en begin olie oor my bors, tepels en abs te vryf.

Sy het toe my lid gegryp en dit begin streel totdat sy gevoel het die ereksie sal vir 'n rukkie duur.

"Dit is jammer dat ek jou nie voor Lucy gevind het nie of dat ek nie die een is wat vandag lidmaatskap soek nie, aangesien alle vroue wat Pleasure of Pain betree, as slawe van 'n Meesteres moet ingaan totdat hulle 'n manlike slaaf kry." en vroulik vir my om hulle te dien Sou jy graag my slaaf wou gewees het, Petrus?

Nie seker van die antwoord waarna hy gesoek het nie, ek knik en toe klap sy regterhand my linkerwang 3 keer elk harder as die ander.

Toe staan sy vinnig agter my en dwing my om na die oop deur te kyk.

"Verdomde vark! Toon jy nie lojaliteit aan jou Meesteres nie of probeer jy my net paai? Wat 'n idioot is jy, Peter! Nou is ons gereed om voort te gaan en jy sal my mondelinge bevele volg sonder om 'n leiband te gebruik en te doen niks probeer om te voorspel wat gaan gebeur of watter rigting om in te gaan nie. As jy ongehoorsaam is of nie 'n goeie vertoning aanbied nie, sal ek die handvatsel van my sweep gebruik en ek dink regtig nie jy wil hê ek moet doen dit, want as ek dit doen sal dit 'n permanente merk laat. Klaar seun! Gaan voort!"

Net toe sy my vra of ek gereed is , het die sweep my 'n klap op my gat gegee wat die beloofde harde geluid gemaak het, maar 'n verbasend aangename steek wat my piel moes bevredig het, want dit het selfs harder opgestaan as wat dit was.

Toe, toe ons buite die gebou was, het nog drie houe swaar op my rug beland wat seergemaak het, wat veroorsaak het dat ek in my gag geskree het en veroorsaak het dat ek terugdeins, maar nie omdraai nie.

Hierdie optrede het net nog 'n hou vir my boude gebring en toe beveel hy my om links te draai.

Nadat ek dit gedoen het, het sy vir my gesê om te hardloop, wat onmoontlik was aangesien ek vasgeketting was, maar dit het gelyk of Angela geen aandag daaraan gegee het nie en het aangehou om my rug, gat en dye te slaan terwyl ek aanhou sukkel en in my gag skree.

"Beweeg direk na Meesteres Lucy," het hy beveel.

Ek het tussen houe opgekyk en terselfdertyd na die vloer gekyk op soek na foute daarin, aangesien ek nie wou gly nie, en toe ek my Meesteres sien, het ek na haar toe gegaan.

Hy het met 'n swart Meesteres langs hom gepraat, aan sy linkerkant, wat ek aangeneem het was Meesteres Samantha en wat blykbaar saamstem met die goedkeuring van Lucy se uitverkore slaaf, me.

Toe ek nader kom, het ek 'n houtstruktuur regs van my opgemerk.

'n Galg?

O shit.

"Staan op, slaaf," beveel Angela toe sy 5 tree van my minnares Lucy af was.

Toe beweeg sy na my kant toe en gee 'n harde hou vir my nog regop piel.

"Op jou knieë as jy voor jou Meesteres is!"

Ek het op my knieë geval en dadelik nog drie swaar wimpers op my rug gekry wat seergemaak het, maar my meer plesier verskaf het as voorheen, maar ek kon nie my regop penis verstaan of sien nie.

Ek het 'n opdrag gehoor, wat ek glo, van Angela was om my kop te laat sak totdat dit die grond raak en dit daar te hou.

Terwyl ek dit gedoen het, het die gewig van die stuk hout op my rug my laat skree en nog 'n hou gekry.

Toe raak alles stil vir 'n tydperk van ongeveer tien sekondes wat gelyk het of dit 'n ewigheid duur en 'n stem wat ek aangeneem het was Meesteres Samantha weens haar nabyheid en gesaghebbende stem, het begin praat.

"Dames, welkom by hierdie spesiale vergadering van die Pynplesiergroep. Ons is hier om Lucy amptelik as ons nuwe elite-lid te erken en ons wens haar geluk met haar keuse van slaaf, wat ek seker haar baie sal behaag. Julle lyk almal wonderlik , "Dames, so geolie en gereed vir ons swepe? Lucy, daar is 'n uitstaande saak van slawe-dissipline wat ek weet jy sal nou oplos. Wat het jy gekies?"

"Dankie, Meesteres Samantha, vir al jou vriendelike woorde. Ek sal vir almal wys dat ek as 'n ware dominante en professionele persoon 'n leier is en sal wees van alle mans, wat almal minderwaardig is as ons. Slaaf Peter! Hy het sy eerste straf wat opgeskort word met jou eerste deelname. Jy sal voorgestel word aan elke Meesteres teenwoordig en hul swepe, beginnende met Meesteres Samantha en eindig met myself, wat altesaam elf lesse sal beteken. Dit sal gevolg word deur die finale, wat sal net ek sal The Final Torment noem, aangesien dit iets nuuts is wat ek en Angela geskep het. Alle slawe, behalwe slavin Cindy, sal dadelik na die wagkamer in die kelder gaan aangesien hulle nie die eerste straf van die nuwe slaaf Petrus."

Toe die dominatrix klaar was, hoor ek 'n gemompel van tevredenheid en applous, wat anders was as die eerste klanke, wat van die slawe agter elkeen van hul Meesters moes gewees het.

Niemand het nog ooit soveel lesse gehad nie, is dit deur 'n slaaf gefluister.

Die Meesteres het gesê:

"Welgedaan Lucy, wat 'n fantastiese lyf het jou seuntjie."

Ek is nie gevra nie en ek het ook nie aanvaar dat ek gevra word of ek ingestem het tot die beplande vermaak nie, aangesien ek meer as enigiets hulle slaaf wou wees.

" Komaan Peter, dit is tyd dat jy gereed maak om al die Meesters te groet!" Angela beveel.

Ek het probeer om my kop op te lig, maar die gewig van die juk op my skouers en my uitputting het my nie toegelaat om dit te doen nie. Angela het slaaf Cindy gevra om oor te kom om te help, en die twee het die een punt van die juk geneem en my met gemak opgelig.

Toe ek opstaan, het ek rondgekyk en opgemerk hoe die slawe weggaan en die Meesters in klein groepies vermaak hulself met wyn en hors d'oeuvres en ek het gedink hoeveel ek 'n drankie nodig het.

Ek het na Cindy gekyk en deur my mond geglimlag en probeer impliseer dat ek nie kwaad vir haar was oor die verrassende volgorde van gebeure nie.

Hy het my in die oë gekyk en toe saggies my arm gedruk.

Angela het my aan 'n D-ring aan my nek gesleep totdat ek direk onder die uitgestrekte arm van die galg was.

Toe ek daar gestaan het, het ek opgekyk en 'n kabel met 'n veiligheidshaak opgemerk, toe hoor ek 'n motor en kyk hoe die haak afkom om net onder my kop te eindig.

Wat het die dame gesê?

Skorsing en deelname en nog iets?

Ek moet meer aandag gee.

"Cindy, maak die toue aan sy pols en voorarm aan daardie punt van die juk los en ek sal dit aan hierdie ander kant doen. Ons moet die suspensieboeie aan die seun sit en dan die suspensiestaaf voor hom. Sodra dit is klaar is, ek sal dit doen." "Ons sal die houtjuk losmaak en wegsit. Meesteres Lucy wil nie meer tyd mors nie." Angela gesê.

Toe het hulle dik leerboeie om my polse gesit en ek het geweet waarvoor dit was, aangesien ek die fetisj-advertensies op die internet nagegaan het.

Sodra hy aan die gang was, het Angela 'n swaar staalstaaf, sowat ses voet lank, voor my gelig.

Dit het kettings met snaphake aan elke kant gehad, 'n swaar ring in die middel.

Cindy het vinnig die hake aan elke ketting aan die bokant van die boeie wat my polse vasgehou het, geknip en sodra die tweede een in beweging was, het Angela die staaf stadig laat sak totdat ek dit op my eie vasgehou het.

Die ekstra gewig op my lyf en arms het my hard in my gag laat kreun en ek het opgemerk dat Lucy na my kyk en die groep saam met wie ek was het begin glimlag en lag.

Angela en Cindy het vinnig beweeg om die juk te verwyder wat my baie beter laat voel het en selfs nadat hulle die staaf oor my kop gelig en die ring op die snaphaak gesit het, het ek gevoel hoe die druk van my lyf afgeneem word.

Angela het my genader en gefluister sodat niemand, nie eers Cindy, kon hoor nie:

"Slaaf, ek sal nou jou gag verwyder en vir jou water gee voor bekendstellings gemaak word. As jy jou nie voor die nag gedra nie, is dit verby, eerlikwaar, en ek sal albei jou tepels afsny. Verstaan?"

Ek knik entoesiasties en sê ja, terwyl ek na haar draai wat wil drink en my tepels behou.

Ek het opgemerk dat die staaf waaraan my arms gehang het saam met my geswaai het toe ek dit gedoen het en opkyk, het ek verstaan hoekom die snaphaak 'n draai ingebou het sodat dit in enige rigting kan draai.

Cindy het toe die prop uit my mond verwyder en, terwyl sy agter my staan, haar borste saggies teen my rug gedruk, wat 'n kreun van plesier uit my lippe laat ontsnap het.

Goddank, Angela het niks daarvan gehoor of gesien nie, het ek vir myself gesê.

Angela het toe 'n bottel water na my lippe gebring, waarvan ek die hele spul probeer sluk, maar net 'n paar slukkies toegelaat is.

"Jammer, Peter," sê Angela, "maar ek kan jou net 'n paar slukkies gee of jy kry dalk kramp of selfs siek. O, Cindy, wonderlik, jy het die strooibalk vir haar voete. Kom ons kry dit gaan vinnig, Peter. Onthou wat ek gesê het oor skree."

Eers het Cindy die slot op my voete oopgemaak met die sleutel wat sy in 'n armband gehou het, en toe gryp die twee meisies vinnig die staaf, wat omtrent drie voet lank moes wees, en maak 'n leerband aan elke enkel vas.

Terwyl dit gebeur het, het ek geweet hoekom Angela my die herinnering gegee het om te skree, aangesien ek nie net van die kroeg af wegbeweeg het nie, maar ek het nou van die vloer af gehang in 'n gespreide arendposisie wat aan my polse hang.

Al wat ek kon doen was om op my tande te kners en so sag as moontlik te kreun.

Angela het toe my situasie getoets deur stadig van kant tot kant te beweeg en my dan een keer te draai om te verseker dat die draai werk.

Toe hy my voor die Meesteres in die gesig staar, het hy gesê:

"Slaaf, jy sal kniel voordat jy elke Meester groet en jou kop gebuig, oë laat sak. Jy sal haar groet wanneer sy voor jou is en jy sal dit doen 'Groete, Meesteres, ek is Meesteres Lucy se slaaf Peter.' Sy sal beveel ons dan om jou op albei voete of in volle skorsing te laat staan en dan sal sy haar sweep en ander dinge formeel aan jou voorlê. Alle Meesters het toestemming om dit te doen. Hulle sal jou soveel keer sweep as wat hulle wil, van die skouers af tot by die tone voete, maar vir jou penis moet jy net 'n sweep gebruik Onthou om nie Peter te huil of hulle sal harder op jou wees nie Verstaan jy Peter?

"Ja, Angela, ek verstaan," het ek gesê, maar ek was bang om haar te vra wat "en ander dinge" beteken.

"Slaaf, ek wil hê jy moet iets vir my doen. Gestel jy is pas getref, draai 'n halwe draai na links. NOU!"

Ek moes dit 'n paar keer probeer totdat ek dit reggekry het aangesien ek die eerste keer te ver gegaan het en toe nie ver genoeg die volgende paar keer nie of heeltemal gedraai het.

Toe sit hulle my op my tone en moes die proses herhaal totdat ek dit reggekry het.

Terwyl ek in hierdie spintegniek onderrig is, het Cindy 'n tafel voor my neergesit en daarop was flagellators van verskillende soorte en kleure en 'n groot glas vistenk gevul met houttang.

Angela het toe vir Cindy geknik om na my kant toe te kom en toe is Angela na die Meesteres toe.

Fok, sy is so pragtig en so ook Cindy en al die Mistresses, het ek gedink toe Cindy weer oor my piel begin streel om dit hard te hou dink ek.

"Wees dapper Peter en dit sal binnekort verby wees. Ek is lief vir jou Peter," fluister sy.

HOOFSTUK V

'n Rilling het deur my lyf getrek terwyl ek daar gestaan en wag het op my lot, vasgehou deur Cindy terwyl sy my manlikheid saggies streel.

Ek onthou hoe ek oor die meer uitgekyk het en die seilbote op pad huis toe op 'n al hoe kalmer waterbed.

Die eerste gedagtes van die aand het begin posvat en ek het geweet dit sou oor minder as 'n uur donker wees en ek het gewonder waar die tyd heen is.

"Maak gereed. Hulle kom," beveel Angela vir Cindy terwyl ek terug na die werklikheid terugspring.

Ek het nie Angela se terugkeer raakgesien nie en toe ek na haar draai, het sy my hard op die boud geklap en gegiggel.

"Ek kan skaars wag om te sien of jy dit in die volgende uur sal maak, want jy beter al die Dames warm en nat word tydens jou optrede. Nou Cindy, kry hierdie slet op haar knieë voor hulle hier is. En Peter, onthou wat Ek vir jou gesê het".

My verspreide arendlyf is op my knieë gestut met Cindy se hulp, want ek was nie seker hoe om die beste in posisie te kom nie.

Op my knieë het ek kop gehou, soos Angela beveel het, maar ek het geweet uit die perifere visie wat ek gehad het en uit hul stemme dat hulle nou voor ons is.

"Ladies of Pleasure of Pain, ek bied my slaaf, slaaf Peter, aan vir u oorweging. Gebruik hom asseblief goed. Nadat u my waardelose man se toets voltooi het, sal daar 'n spesiale vertoning vir u wees wat Angela so vriendelik voorberei het." "Lady Samantha , begin asseblief die seremonie."

Almal was stil voor my en ek kon juffrou Samantha hoor toe sy naderkom en selfs toe sy die tang uit die bak haal.

Een van die Dames sê toe sag vir 'n ander persoon:

"Ag, die steek, sy sal dit toets."

Regstellende murmurering dwarsdeur die vergadering.

Toe sy voor my was, het ek vir haar gesê wat Angela vir my gesê het:

"Groete, Meesteres, ek is Meesteres Lucy se slaaf Peter."

"Lig jou kop op en kyk na my, slaaf," het hy beveel.

Terwyl hy sy kop stadig oplig, het ek opgemerk dat hy in sy linkerhand twee wasgoedpennetjies vashou en in sy regterkant het hy 'n donkerrooi leersweep vasgehou.

Die sweep het soos 'n kort, gevlegte sweep gelyk, maar aan die einde het dit 'n bykomende lengte van nege sterte gehad wat van leer byna so groot soos 'n tou gemaak is, elkeen aan die einde geknoop.

"Wat de fok," het ek gedink.

So naïef soos ek is, het ek geweet dat die sweep wat hy vasgehou het, nie die sweep was wat Angela beskryf het nie.

Ek het na Angela gekyk en sy het op 'n skaars onskuldige manier geglimlag en haar skouers opgetrek.

"Daardie teef gaan eendag kry waarna sy soek."

Ek het geweet dit gaan meer seer maak as wat ek voorheen verduidelik het, maar ek gaan dit op enige manier neem om vir Angela te wys dat ek dit kan verduur.

Meesteres Samantha het hierdie interaksie gesien en uitgebars van die lag.

"Dames, dit blyk dat hierdie slaaf nie alles oor vanaand se show vertel is nie, maar hy het ingestem om hier te wees en dit sal 'n goeie les vir hom wees. Kom ons wag vir 'n verdwaasde slaaf!"

" Petrus, slaaf, stem jy saam dat jy ondergeskik is aan alle vroue, dat alle vroue beter is as mans, dat jy alle vroue sal dien en gehoorsaam maak nie saak waar jy is nie, en dat jy sal leer om die Plesierbeweging van Pyn te ondersteun ?"

"Ja, mevrou Samantha, ek stem saam," het ek geantwoord.

"Weet jy wie ek is, slaaf, en wat ek doen?"

"Ja, mevrou. Jy het jou eie prokureursfirma in Maine wat ek gebruik het, maar ek het net met jou personeel te doen gehad."

"Ons deelname aan hierdie Groep moet vertroulik wees. Verstaan jy Peter en daar kan op ons gereken word om dit geheim te hou?"

"Ek verstaan dat ek en die dame altyd alles vertroulik sal hou."

"Het jy die soet nektar van 'n swart godin, slaaf, geproe en wil jy dit doen?" sy het gevra.

"Ja, mevrou Samantha, ek doen."

Sodra ek daardie woorde genoem het, het die hand wat die sweep vasgehou het na die agterkant van my kop gegaan en dit na haar wagtende poes gedruk wat deur haar ander hand ontbloot is toe sy haar rok oplig.

My tong het dadelik haar klit, wat warm was, opgesoek en in sekssappe geswem, en terwyl ek dit lek, het ek gevoel hoe dit hard word en groei.

Sonder om toestemming te vra, het ek my kop effens gedraai, die mond rondom haar geslag oopgemaak en dit alles teen 'n toenemende tempo begin absorbeer.

Vir 'n paar sekondes het sy haar poesie in my gesig geslaan en my toe grof gedruk.

"Ag, teef," skree hy en slaan my gesig met sy sweep. "Lucy, jy het baie goed gedoen...nie net is hierdie slet se liggaam gemaak om ons te dien nie, maar ek glo haar verstand is gereed om ons ook te dien."

Meesteres Samantha het teruggestap en, terwyl sy na haar slavin gekyk het, het Angela gesê: "Klaar," en toe die twee wasknijpers aan Cindy gegee.

Ek is heeltemal van die grond af opgelig, heeltemal gesuspendeer in hierdie wild verspreide arend-houding, met die hoof van hierdie Pynplesiergroep in die gesig.

Ek het opgemerk dat Cindy ietwat ingedagte na die wasknijpers kyk en toe voortgegaan om een op my linker tepel en nog een op my eiersak te sit, wat veroorsaak het dat 'n stil kreun my lippe verlaat het.

Terwyl dit gebeur het, het ek na Samantha gekyk, wat vir my ongelooflik wild gelyk het, en ek het gevoel hoe my piel hard word.

"Kyk, dames! Die hoer betoon al behoorlik haar eer aan my."

Onmiddellik nadat hy dit gesê het, het hy my hard op my regterbobeen geslaan en dan weer aan my linkerkant, wat veroorsaak het dat ek in my beperkings sukkel, maar nie 'n geluid tussen my geklemde tande maak nie.

"Angela, draai om asseblief," beveel Samantha.

Angela sis toe hard genoeg in my oor sodat almal kan hoor.

"Draai om, jou fokken teef, en wees vinnig."

Met al my krag het ek vinnig so sag as moontlik omgedraai en heeltyd aan Angela gedink en vir myself gesê:

"Ek gaan daardie hoer vir myself hê."

Sekerlik is sy dalk 'n bietjie mooier onder ander omstandighede.

Toe ek die draai voltooi het, het ek in Angela se oë gekyk en haar sonder veel sukses probeer doodmaak.

Toe gee Samantha my twee harde wimpers op die rug met haar sweep en toe weet ek hoekom hulle daarna verwys as die angel.

Dit was asof ek met elke hou kon voel hoe die nege sterte van die sweep my lyf binnedring, maar tog was daar 'n tintelende sensasie wat amper meer gevra het.

Toe my innerlike stryd bedaar, hoor ek Samantha sê: "Gereed, Angela?" en toe hoor ek 'n stilte van die skare dames wat daar naby vergader het.

Ek het afgekyk en gekyk hoe Angela na my toe leun en my regop piel in haar mond neem, dit werk totdat sy dit het net soos sy dit wou hê en dan haar regterhand opgelig.

Op daardie oomblik het my wêreld ontplof met 'n reeks harde klappe teen my boudewange en Angela se tande wat my piel so hard druk dat ek gedink het sy gaan dit afsny.

Ek het nie geskree nie, maar my gekerm deur gebalde tande het geklink of ek vuilgoed kou.

Terwyl ek in hierdie posisie van totale slawerny gesukkel het, het Angela aangehou om my penis te byt totdat Meesteres Samantha gepraat het:

"Angela, stop dit al. Jy sal later gestraf word vir hierdie uitbarsting. Wat de hel het jy gedink vrou?"

Ek staan toe op en draai met Cindy se hulp na die Groep en gaan weer op my knieë neer.

Terwyl sy haar kop laat sak het, het my minnares met die groep gepraat:

"Volgende is ons gas van buite die distrik, Mev. Victoria, wat gehelp het om ons Plaaslike Groep te stig. Mev. Victoria, asseblief."

"Groete, minnares, ek is juffrou Lucy se slaaf," sê ek toe sy voor my staan.

"Lig jou kop op, seun! Weet jy wie ek is?"

Toe ek my kop oplig, het ek weer die twee wasgoedpennetjies opgemerk, maar hierdie keer het haar regterhand 'n klein sweep vasgehou en my hart het gesak, maar dit het nie my manlikheid gevat nie, want ek het op een of ander manier hard gebly.

Ek het opgekyk in die oë van 'n volwasse vrou wat nog baie mooi was en die liggaam van iemand baie jonger gehad het.

"Jy is mev. Victoria. Ek het e-posse met jou uitgeruil toe ek by jou rolspelgroep aangesluit het, maar ek was nooit goed daarmee nie en het opgegee. Ek is jammer, mevrou."

Eerlik, ek het gehoop ek het haar nie ontstel toe ek my kop laat sak het nie.

"Lig en draai," beveel Angela my.

Eers het hy die twee wasgoedpennetjies aan Cindy gegee, wat weer, nadat sy daarna gekyk het, haar wenkbroue gelig het en toe voortgegaan het om albei op my penis te sit: Op die vel aan weerskante van die balle by die basis.

Toe kom vyf harde wimpers op my rug en onderkant terwyl ek kreun en in my beperkings gesukkel het.

"Uitstekend, uitstekend," het mev Victoria verklaar voordat ek na my knielposisie teruggekeer het.

En so was dit, met verskillende strawwe van al hierdie magtige vroue, elkeen van hulle is deur my Meesteres ontbied.

Van Nellie, 'n hoërskoolonderwyseres, tot Flora, 'n sepie-aktrise, tot Jane, 'n dokter, tot Jemina, 'n geskiedenisonderwyseres, tot Rosie, 'n kunstenaar in 'n talentprogram, tot Laura , eienaar van die televisiestasie wat my genooi het. na haar eiland..

Daar was twee uitsonderings wat ek in meer besonderhede sal uitwys, Clara, 'n anker op 'n kabelnuuskanaal, en Celine, die weermeisie op dieselfde kanaal.

Toe mev. Clara geroep word, het sy nader gekom, 'n groot swart sweep wat aan haar bobeen hang, geklap en reg voor my gestop, amper aan my geboë kop geraak.

"Groete Meesteres, ek is Meesteres Lucy se slaaf Peter," stamel ek ietwat bewerig en beangs terwyl ek aanhou om die sweep op haar been te kraak met die wete dat sy haar speelding kan sien.

"Lig jou kop op, meneer. Weet jy wie ek is?"

Die man is neerhalend gesê sodat almal dit kon hoor .

Toe ek my kop oplig en vir die eerste keer in die regte lewe na haar kyk, het ek besef dat sy selfs mooier is as op televisie.

Hy het 'n goed geslypte lyf gehad om voor te sterf en sy hare was tans skouerlengte donkerblond en volgens wat hy gelees het, het sy brein die meeste mans oortref.

"Ja, mev. Clara, jy is 'n verwysing in die Kabel."

Toe ek dit sê, het ek opgemerk dat sy nie aandag gee aan enigiets wat ek gesê het nie, maar eerder na Angela gekyk het.

Ek het my kop in Angela se rigting gedraai en opgemerk dat sy na Clara kyk en glimlag en haar lippe aflek.

"Daardie meisie is ook 'n grapjas, geil en in alles," dink ek aan Angela en lag saggies hardop.

Ongelukkig het mev Clara gedink ek lag vir haar en het my geklap.

"Mevrou Lucy! Hierdie vark van jou waag dit om vir my te lag. Wat gaan jy daaromtrent doen?"

"My verskoning Clara. Angela, vat die pincet en sit dit op die baster. Nou!" Sy het beveel.

Toe Angela na die tafel gaan om die klampe te kry, het sy vir Lucy gevra hoe styf sy wil hê hulle moet wees en Lucy se reaksie was:

"Wanneer jy hulle nie meer kan styftrek nie, sal hulle perfek wees."

"Mev Clara, ek hoop dit voldoen aan u goedkeuring" vra Lucy.

"Lig dit op op die tone!" sê Clara terwyl sy die pincet vir Cindy gee.

Angela het toe vir Cindy beveel om al die wasknijpers van my tepels te verwyder en dit op my haan te sit sodra ek in posisie opgestaan het.

Cindy het my nie in die oë gekyk nie, want die vier wasgoedpennetjies is verwyder en na my piel oorgeplaas en toe is Clara se wasgoedpennetjies op my balle geplaas.

Op hierdie stadium was my penis amper heeltemal bedek aan elke kant deur die penne.

Toe doen Angela, glimlaggend en vriendelik, die hond haar ding met die klampe.

Elke klem het bestaan uit twee plat metaalstawe met skroewe aan elke punt wat met die hand vasgedraai moes word.

Nadat elkeen losgemaak is, het hy 'n klem oor een tepel geplaas met 'n staaf bo en onder dit, en dan het Cindy die tepel deur die klem laat trek terwyl sy dit ingedruk het.

Sodra hulle albei vasgehou was, was ek ietwat verlig, want net Cindy wat aan hulle getrek het, het enige soort pyn veroorsaak.

"Nou gaan ek hulle druk, teef," sê hy terwyl ons albei na mekaar kyk.

Terwyl hy hulle vasgedruk het, het die pyn ondraaglik geword.

Ek het nog nooit sulke erge pyn gevoel nie, maar ek sal verdomp wees, ek was nie van plan om hulle die plesier te gee om te skree nie, want dit is presies wat Angela wou hê ek moet doen.

Clara het my beveel om te draai, wat ek waardeer het, want nadat al my TV-fantasieë met haar verpletter is deur te hoor dat sy die teenoorgestelde geslag verkies, wou ek nie sien dat sy my slaan en die vernedering voel nie.

In werklikheid was sy sweepery pynlik maar opwindend.

Was dit as gevolg van my vernedering?

Met Meesteres Celine het ons nooit by die pak slae-fase uitgekom nie.

Ná haar toenadering en my bekendstelling het ek na haar skoonheid gekyk en sy het geglimlag, en ek het gesê dat ek haar elke naweek al jare lank gesien het terwyl ek die plaaslike weerberig aangebied het en uitgeblaker dat ek verlief is op haar en dink sy lyk fantasties.

"Wil jy jou weermeisie probeer, Peter?"

"Dit sal 'n eer wees, Meesteres," het ek geantwoord en toe voortgegaan om my kop tussen haar bene te plaas terwyl sy haar rok oplig.

Sy was warm en nat en het 'n orgasme nodig gehad.

My tong het hard gewerk aan haar klit terwyl sy haar lyf teen my gesig pomp.

Toe dit heeltemal opgeswel was, kon ek dit met my lippe vashou terwyl my tong daaroor loop.

Dit was nie lank nie of sy kreun van 'n orgasme en liefdesappe het my gesig bedek.

Toe tree sy terug, laat val die sweep en nader my Meesteres en vra haar grappenderwys of sy my aan haar sal verkoop.

Nadat ek my inleidings met elkeen van die Meesteres deurgegaan het, het ek met my kop gebuig gekniel en geweet dat Meesteres Lucy voor my was.

"Groete, Meesteres Lucy. Ek is jou slaaf, jou slaaf Peter."

"Lig jou kop, slaaf"

Toe ek dit gedoen het, het ek geweet hoekom sy daardie aand daar was, want haar skoonheid was boeiend en ek was werklik lief vir haar.

Hy het geen klampe vasgehou nie, maar hy het 'n klein sweep in sy regterhand vasgehou, wat ek dadelik geweet het waarvoor dit was, want in sy linkerhand het hy 'n gag vasgehou.

"Welgedaan slaaf. Jou verhoor sal binnekort verby wees en die dames het ingestem om toe te laat dat die gag opgesit word sodat jy vir die res van die nag kan skree wanneer nodig. Nou, Angela, sit die gag in die voorste vering en heeltemal styf aan hierdie seun"

Angela het die gag gevat en dit sonder enige sagtheid in my mond ingedruk en die gag styf vasgemaak nadat ek my kop gedruk het.

Die Dames het dit alles dopgehou, veral toe hy my by die klampe ophelp en ek vir die eerste keer in die gag kon skree.

Hulle het my op volle skorsing gelaat vir almal om te sien.

Toe Angela beveel is om die klampe te verwyder, het die Dames met groot belangstelling my reaksie op die verwydering van elke klamp dopgehou terwyl ek geskree en gesukkel het om my tepels te probeer troos.

Toe kom Lucy oor en gaan staan voor my.

"Asseblief, Petrus, wys vir almal dat jy my slaaf is. Nou sal ek al jou wasknijpers met my klein speelding verwyder en nie baie sagkens nie. Almal kyk na jou reaksie op wat ek doen, so kom ons doen dit reg."

Ek het geknik en my oë toegemaak vasbeslote om nie weer te skree nie toe die sterte van die sweep begin land waar ook al 'n wasgoedpennetjie geplaas is, maar die meeste van hulle was op my haan en balle.

Ek het gekreun en gesukkel om die sweep te probeer ontsnap totdat dit uiteindelik opgehou het en ek my oë oopgemaak het vir 'n glimlaggende Meesteres.

"Welgedaan Peter," sê sy en spreek toe haar gaste toe. "Daar sal 'n kort tydsinterval wees voor die uitvoering van The Final Suspension. Kan jy my asseblief vergesel met 'n glasie yswyn van my eie terwyl die meisies die laaste vermaak van die aand voorberei?"

"Waarvan de hel praat hy?" het ek gedink.

Die finale skorsing? Gaan hulle my ophang?

Toe laat sak hulle my op die grond en sê vir my om te kniel terwyl Angela en Cindy besig was om voor te berei waarvoor: My dood?

Ek was te moeg om enigiets te doen, selfs toe die swaar staaf van die kabel ontkoppel en agter my geplaas is.

Toe ek na my haan kyk, sien ek dit hang swak en ek het geweet dat selfs Viagra op daardie oomblik nie baie nuttig sou wees nie.

Verbaas het ek gekyk hoe Angela en Cindy een of ander soort motor uitbring wat hulle aan die draad gekoppel het en dit dan, nadat hulle dit ingeprop het, dit getoets het om seker te maak dit werk.

Toe is die staaf wat die kettings aan my polsboeie vashou aan die onderkant van die toestel vasgemaak en die hele ding is opgelig en my opgelig totdat ek weer geskors is.

Hierdie keer het hulle die strooibalk op my enkels losgemaak en dit verwyder toe hulle my op my voete laat sak het.

Cindy het toe swaar leerboeie op my dye net bokant my knieë geplaas en toe albei styf vasgegespe is, is ek in 'n sittende posisie laat sak.

Ek het oral gevoelloos gevoel en was nie bang vir enige verdere pogings om my pyn toe te dien nie.

'n Ketting is toe van elke bobeenmanchet aan die boonste staaf vasgemaak en styfgetrek totdat dit blyk dat ek met my bene gesprei sit, terwyl die kabel my opgelig het totdat ek sowat vyf voet bo grondvlak was.

"Cindy, kom ons probeer dit voor die finale optrede."

Angela het dit in 'n sagte stem genoem en toe 'n elektriese kabel gegryp wat aan die toestel bo my gekoppel is.

Wat soos 'n beheerboks van een of ander aard gelyk het, is gekoppel aan die kabel waardeur Angela haar vingers begin hardloop het.

Ek is eers kloksgewys en toe antikloksgewys in volle draaie teen verskeie snelhede gedraai en toe ook op en af geruk.

Tevrede het Angela vir Cindy beveel om die laaste stuk voor te berei, waarna ek van bo af gekyk het.

Hulle het 'n swaar ronde staalpaal wat meer as vier voet lank was na 'n posisie direk onder my gedra en dit in wat ek gedink het 'n huilgat was wat in beton op grondvlak ingeskroef is.

Nadat sy seker gemaak het dat dit styf en met geen los beweging is nie, het Angela 'n vlekvrye staalkegel uit 'n boks gegryp en dit in die bokant van die metaalpaal begin skroef.

Op daardie stadium het dit alles direk onder my liggaam gebeur, so ek het 'n goeie siening gehad van wat gedoen word en wat ek gedink het sou gebeur, wat 'n harde bakleiery van my kant af begin het, want ek wou nie. deel hiervan.

Angela gryp dadelik die basis van my balle vas, druk en slaan die balsak, wat sy vasgehou het, so hard as wat sy kon met haar regtervuis, wat my in die gag laat skree het, want al wat ek gesien het was blink swart smeer voor my oë.

"Hou op, Peter, of ek hou jou aan om jou te slaan totdat jy verbyster. Verstaan?" het Angela gevra.

Ek het opgehou, maar om twee redes, een daarvan was Angela se dreigement en die ander was die feit dat my liggaam heeltemal uitgeput was.

Ek kon dit nie meer uithou nie, want die skorsing het my verhinder om dit te doen en ek het geweet dat ek vir die res van die nag net hier sou hang om die pyn in te neem.

Ek het probeer om asem te skep terwyl ek die keël van nader bekyk.

Alhoewel dit moeilik was om te sien, was die bokant afgerond en het gelyk of dit ongeveer 'n halwe duim in deursnee was.

Dit het langs ongeveer tien duim in lengte toegeneem tot 'n deursnee van ongeveer twee of drie duim by die basis, wat vir my gelyk het of dit ongeveer tien voet was.

Cindy het dit toe met 'n dik laag lube bedek en toe, terwyl sy 'n aansienlike hoeveelheid op haar vingerpunte geplaas het, my anus daarmee begin vryf.

Sy het gelag terwyl sy spoeg om haar vingers in my binneste te probeer kry, wat skielik in my beland het en my laat snak en kreun.

Terwyl my gat versorg is, het Angela 'n CD-speler ingeprop en vinnig haar gekose liedjie probeer uitprobeer vir hierdie fokken event van haar eie maaksel, wat sy gehoop het om eendag binnekort terug te gee.

Ek het die musiek dadelik herken...en geweet dat die stadige maat daarvan al die Dames opgewonde sou maak, maar my baie pyn sou veroorsaak.

Die CD-speler was ook aan die beheerkas van die toestel geheg.

Angela het die eerste instrumentale mate van die liedjie vooraf opgeneem en dit nou gespeel om die Dames se aandag te trek om aan te dui dat sy gereed is.

Ek het gekyk hoe die Dames kom en staan in 'n halfsirkel om my sowat vyf voet weg en ek het gekyk hoe Angela vir juffrou Lucy groet terwyl sy die musiek afskakel.

"Dames, dit is 'n kort aanbieding waarmee Angela vorendag gekom het wat sy The Final Suspension noem.

My slaaf Peter is eers 'n paar minute gelede hiervan ingelig en dit is 'n goeie manier vir my slaaf om te weet om altyd die onverwagte te verwag.

"Jy kan voortgaan Angela." het Lucy gesê.

"Dankie mevrou," antwoord Angela. "Ek hoop jy geniet die skouspel wat ek The Final Suspension noem en dat alle mans moet verduur vir die optrede by die Pleasure of Pain."

Angela het toe omgedraai en na die beheerkas gestap en 'n paar skakelaars gedraai, wat Cindy laat sak en my lyf in die keël lei, wat 'n paar duim in my gat ingegaan het.

Ek het in die gag geskree oor hierdie penetrasie en terselfdertyd het ek opgemerk dat al die Dames hul arms verbind het en aandagtig hierdie vernedering van my liggaam waarneem.

Toe begin die musiek en vir die eerste minuut is my lyf 'n duim gelig en 'n duim of twee laat sak en weer gelig en weer laat sak heeltyd in tyd met die musiek.

Die Dames, arm aan arm, het ook gelyk of hulle so goed hulle kon op die ritme van die musiek beweeg.

Ek het ook gehoor hoe hulle goed skree soos "Dit moet met alle mans gebeur", "vroue regeer", "mans is skuim", "lank lewe die Plesier van Pyn", met gejuig en hande vir die hele liedjie.

Ek het geweet die teef Angela sou goed hiervoor beloon word, maar daar was niks wat ek kon doen as om net daar te staan en skree elke keer as ek in maagdelike gebied binnegedring word nie.

Gedurende die tweede minuut van die liedjie moes ek drie of vier duim binnegedring gewees het aangesien ek nie meer op en af beweeg het nie, maar nou is die keël in klein links en regs bewegings gedraai.

Toe die laaste minuut... was een waarin ek vir die hele minuut geskree het, 'n oneindige minuut het dit vir my gelyk.

Nie net het die spin van die keël toeneem nie, maar ook die op en af beweging.

Ek kon net brul van goedkeuring van die skare hoor en het geweet ek begin bewussyn verloor met elke maatslag en uiteindelik, met die einde van die liedjie, het die draai gestop en my lyf het op die keël geval; my gewig deur dit soveel as wat ek kon verloor.

Toe het ek harder geskree as wat ek nog ooit in my lewe geskree het en toe is ek doodstil.

*****

Toe ek wakker word, was ek alleen...daar was niemand daar nie.

Dag het in nag verander, maar die ligte in die huis en plaas het genoeg lig vir hom verskaf om te sien waar hy is.

Terwyl ek onder die galgstruktuur gelê het, het iemand 'n kombers oor my lyf gegooi en rondgekyk, daar was geen aanduiding dat 'n seance van enige aard ooit plaasgevind het nie.

Het ek dit alles verbeel?

Daardie gedagte het verander toe ek probeer beweeg en al die pyne in my liggaam voel.

Ek was vry van my beperkings en gag, kaal in die gras en het geen idee gehad wat om te doen nie.

Musiek en gelag het uit die huis gekom, maar ek wou niks daarmee te doen hê nie en sukkel om op te staan, ek is na die ingangsgebou waar dit voorberei is.

Ek het deur die gebou gestrompel en my pad gevind na my motor, waarin ek vinnig ingeklim het en dit wou aansit, maar ek kon nie die sleutels kry nie.

"Klim uit die kar seun!"

Ek kyk op en sien Cindy geklee in 'n wit bloes en 'n kort romp.

Sonder 'n bra, God sy is pragtig, het ek gedink, maar ek het geweet daar is niks wat ek nou kan doen nie.

"Het jy my gehoor seuntjie? Klim nou uit die kar. Mans moet alle vrouens gehoorsaam en dit beteken Peter, nou gaan jy die hel hier uitkom in die kar."

Was ek te moeg om te argumenteer of het ek my plek in die groep geken?

In elk geval, ek het uit my kar geklim en gesien hoe Cindy my klere uithou vir my om aan te trek.

"Haai, daardie klere is myne! "Waar het jy dit alles gekry?" Ek het gevra vir.

"Trek dit net aan en klim in die kar, ek moet jou huis toe vat en vir jou sorg. Mev. Lucy was bekommerd oor jou welstand."

Ek was te moeg om iets te sê en dankbaar vir iemand om my huis toe te neem.

Cindy het aan die kant van die oprit geparkeer en het nie gekies om in te gaan of die motorhuis oop te maak nie.

Die ligte was aan in die huis en ek het geweet ek het niks aan gelos nie, so ek het besef hulle het my sleutels gevat en die huis op 'n stadium gedurende die nag voorberei.

Nadat sy my in die huis gekry het, het Cindy my badkamer toe geneem en my in die stort gekry, wat sy saam met my ingekom het.

Sy het my gewas, my naby haar gehou...dit het so sag en so goed gevoel dat ek geweet het dat my liggaam kort voor lank na normaal sou terugkeer.

Toe die water oor ons spat, het ek 'n harde geluid in die slaapkamerarea gehoor.

"Wat was dit? Is iemand anders hier?"

"Ontspan Peter. Dit was net die sentrale verkoelingstelsel of iets. Jy het 'n rowwe dag gehad. Kom ons gaan droog af en gaan lê in die bed."

Sy het my saggies droog gesleep, my lyf gesoen waar dit seer of gemerk was en uiteindelik het sy my 'n harde soen op die lippe gegee met haar tong wat lyk asof dit myne masseer.

O God, sy sit my aan.

Nakend is ons arm aan arm na die gastekamer, waar al die ligte aan was.

Ek het gedink Cindy het dit gedoen.

Toe ons instap, was ek verbaas om Meesteres Lucy naak op die bed te sien met niks anders as 'n swart riempie nie.

"Ag, hier is my twee slawe. Hulle lyk albei fantasties. Kom, Cindy, en sluit by my aan. Nee, nie jy nie, Peter, ek wil nie slaaf hê nie. Jou dienste sal nie vanaand vereis word nie, so gaan na die hoofslaapkamer nou!""

My hart het laer geval as ooit toe ek sy woorde hoor en met my kop gebuig, het ek na my kamer gegaan.

Dit was donker, so natuurlik het ek die lig aangeskakel en daar op die slaapkamervloer was Angela!

Sy was naak met metaalboeie aan haar polse wat agter haar rug en ook op haar enkels gesluit was en in 'n onderdanige posisie opgelig deur haar lang hare te laat vasmaak met 'n tou wat styf aan haar enkels vasgemaak is.

'n Gag het haar asems ingehou terwyl sy gekyk het hoe ek haar skoonheid inneem en besef wat volgende gaan gebeur.

Langsaan was 'n klein leersweep met 'n enkelgevlegte stert wat soos 'n miniatuur bulsweep gelyk het, en bo-op dit was 'n noot.

Die briefie was van mev. Lucy en het eenvoudig gesê:

"Onthou Petrus, verwag altyd die onverwagte."

Toe ek die sweep lig, het my manlikheid sterk teruggekeer en ek het van daardie oomblik af geweet dat ek nooit sou ophou om aan die Plesier van Pyn te behoort nie.

SANDY SE WENS

69

"Ek sal vanaand vir jou in jou gewone hotelkamer wag, ek het jou nodig."

Sandy sit die foon op Sam neer en verwag haar groot aand senuagtig.

Hy het nog nooit sulke dapper stappe met enige ander minnaar geneem nie.

Alhoewel sy veeleisend en honger was soos 'n wolf , het geen man haar diepste passies aangeraak soos hierdie minnaar nie.

En wanneer sy dit voorlopig aan hom noem, tot sy vreugde, is hy ontvanklik daarvoor.

Sy gedagtes het mal geword.

Kan hierdie minnaar haar regtig gee waarna sy smag?

In sy daaglikse roetine is Sam 'n kragtige en suksesvolle man, 'n man waarna almal in sy wêreld stop om na te luister.

En in haar wêreld is Sandy 'n stil voorstedelike getroude ma, ook na geluister, maar net deur jong kinders.

Sy wil amper net so sterk beheer en respek hê as wat hy wil hê iemand moet vir hom sorg.

Iemand om verantwoordelikheid te neem.

Iemand om die druk te verlig om altyd in beheer te wees.

*****

Sandy staan voor die hotelkamerdeur met die wete dat hy binne vir haar wag.

Klop senuweeagtig aan die deur.

Deur sy moed bymekaar te skraap en sy fantasieë te onthou, speel hy 'n bietjie sy rol.

"Maak die deur dadelik oop, of ek gaan huis toe."

Sam glimlag as hy hoor hoe sy geliefde se stem hom beveel.

Sy kan amper die musikale lag hoor wat die meeste van sy toespraak vergesel, met die wete dat hy in haar lewe haar oor die algemeen laat lag en dit is veral 'n verandering van pas vir haar , so sy moet ontplof van vreugde.

Wanneer die deur oopgaan, vermy sy 'n glimlag.

Hy glimlag vir haar en sy oë deurboor hare in 'n onwillekeurige poging om te veg vir beheer van die situasie.

"Nie vanaand nie, Sam. Nie vanaand nie. Ek is in beheer vanaand, nie jy nie. Haal alles af en gaan slaap. Nou knuffel of ek gaan."

Sandy spreek hierdie woorde met groeiende selfvertroue.

Sy stem resoneer stewig.

Sandy staan met sy voete stewig op die grond geplant en kyk hoe hy hom uittrek.

Elke kledingstuk wat hy uittrek, verklap 'n bietjie meer van sy ongelooflike liggaamsbou.

SJOE.

Hoe sy daarvan hou.

"Lê nou op die bed. En moenie beweeg nie, Sam, anders gaan ek. Ek is ernstig."

Sandy klink ernstig en ferm, haar eerste oefening in beheer, en haar opgewondenheid groei met die minuut.

Hy gaan lê op die bed, sy manlikheid, swak op die oomblik, groei stadig, skep 'n lyn loodreg op sy liggende lyf.

"Jou oë op my. Kyk na my."

Sandy staan aan die voetenent van die bed, met haar naakte minnaar voor haar.

Terwyl baie stadig, en doelbewus, elke kledingstuk verwyder word.

Hy trek sy hemp stadig oor sy kop en stop voor hom.

Haar splitsing steek uit die koppies van haar swart bra en probeer, flou, haar tiete in plek hou.

Haar skraal middellyf word bedek deur 'n swart korset, vooraan vasgemaak om haar rondings te beklemtoon.

Sy verwyder stadig haar romp, duim vir duim, en onthul 'n klein swart kraleriempie met delikate swart strikkies op elke heup.

Sy draai so dat hy na haar rug kyk, sy vou haar bra stadig oop sodat haar borste vrylik oor haar korset swaai, bevry uit hul tydelike tronk.

Sandy sug van verrukking.

Met haar rug na haar geliefde draai sy haar kop oor sy skouer en waarsku hom weer:

"Moenie beweeg nie".

Draai, stadig, en ontbloot haar heerlike borste aan hom, sy dra die bra in haar hande.

Gooi dit na die bed toe en val op sy knie.

Die kant van die bra kielie haar knie en sy begin buk om dit uit te trek.

Sandy kyk hom ernstig aan:

"Dit is jou eerste waarskuwing. Moenie beweeg nie. Jy weet baie goed wat sal gebeur as jy dit doen."

Terwyl jy sukkel om stil te bly, voel jy dat jou bra ongemaklik is en jou knie kielie.

Hy is toenemend bewus van sy teenwoordigheid.

Sy vel tintel van die begeerte om te krap.

Terwyl hulle oë aanhou ontmoet, trek Sandy stadig die dasse aan die kante van haar swart riempie en maak dit los.

Intussen val dit saam met die ander klere op die vloer.

Sandy staan, nou heeltemal naak behalwe die korset, en lig stadig haar linkerknie van die voetenent van die bed na die matras, op die punt om daarheen te kruip.

Met die oplig van die ander knie, is sy by sy voete.

Met sy hande vorentoe gestrek, wieg sy lyf effens van onbeheerste wellus.

Sy wieg op haar knieë, naboots sy begeerte om op sy harde piel te ry, terwyl sy lus in sy oë kyk.

Sam lê daar, bereid om sy hande langs sy sye te hou, en veg teen die drang om beheer oor hierdie pragtige sekskatjie aan die voetenent van sy bed te neem.

Hy herinner homself hoe lank hulle gewag het om hierdie fantasie behoorlik te vervul, en hy wil dit tot in die fynste besonderhede vervul.

Hy kriewel ongeduldig en herinner homself dat as hy beweeg, hy hierdie heerlike speletjie sal verwoes.

Sy piel staan op aandag en Sandy kan nie help om te sien hoe absoluut aptytlik hy lyk nie.

Lek sy lippe suggestief, ontmoet hy haar blik, en merk die sweet wat op sy bolip vorm.

Terwyl hy sukkel om sy wense vir daardie aand te volg.

Sy stop en besef dat haar bra nog teen haar knie vryf, wetende dat die materiaal van die stof hom mal moet maak.

Gelukkig vir hom lig sy hom van haar knie af.

Maar dan hardloop sy die gaas- en kantstof stadig op haar bobeen, oor haar lies, streel liggies oor haar vel, totdat sy dit uiteindelik agter haar na die stapel weggooiklere aan die voetenent van die bed gooi.

Sy gly haar lyf grasieus en bring haar mond sentimeters van syne af.

As sy na sy lippe kyk, weet sy dat dit die mond is wat sy met rou passie soen, met soveel honger.

Sy weet hy veg teen sy sterkste begeerte om nie stil te bly en haar met sy mond te verslind nie.

Sit op sy bors, ondersteun haar lyf met haar sterk bene, haar gretige poes en haar welige vel vryf teen sy bolyf.

Sy lê op hom en vra hom saggies:

"Wil jy my graag proe?"

Bewend, wetende dat hulle heeltemal krag vir die nag verruil het, kan hy net kopknik.

In reaksie op sy knik beweeg Sandy met haar middelvinger oor sy druppende spleet, lig homself effens op, sodat hy na haar kyk.

Met sy vinger wat glinster van haar sappe, loop hy dit onder haar neus in, raak nie aan haar vel nie.

"Kan jy my ruik, Sam?"

Hy knik weer.

"Wil jy my graag proe, Sam?"

Sandy absorbeer haar rol om in beheer te wees heeltemal en geniet dit om hom te terg en te terg, wetende dat hulle teen die einde van die nag iets heeltemal nuuts sal ervaar het.

Sandy raak haar vinger aan sy bewende bolip, en voer hom haar sappe soos 'n oase in die woestyn.

Terwyl jy jou vinger oor haar lippe beweeg, leun sy vorentoe, sodat haar borste swaai en teen sy bors borsel terwyl sy dit doen.

Hy steek sy tong uit, lek net haar lippe, deel haar sappe, proe haar lippe, weerhou haar om hom te verslind, wetende dat sodra hy haar soen, hy die beheer sal verloor wat hy so hard gewerk het om te bereik.

Lippe gespanne terwyl sy speel, Sandy herwin vinnig haar effense verlies van kalmte.

Hy steek sy vinger tussen sy tande en lek haar essensie.

Haar oë en syne skei nooit en met hul blik het hulle mekaar al duisende kere genaai voordat hul liggaamsdele nog bymekaar kom.

Sy gly 'n bietjie af, haar boude speel met sy regop piel terwyl haar boude sy kloppende manlikheid omvou terwyl dit sukkel om tussen haar bene in te druk.

Sy gaan voort om terug te gly, haar warm warm bloeisel borsel die punt van sy harde staaf, prikkel en terg hom met haar warmte.

Sy gly by sy bene af, wat hy sukkel om stil te hou, totdat haar mond sy massiewe ereksie bereik.

Sandy gly stadig die punt van haar tong tussen sy lippe en lek die kop, maar niks anders nie.

Haar minnaar probeer hard om diep in haar keel te druk, maar sy weier om te swig voor haar begeerte om hom met haar mond toe te sluit.

In plaas daarvan pynig sy hom stadig, lek net soos 'n roomyshorinkie en proe die afgeronde kop van sy haan.

"Wil jy meer hê, Sam?" vra Sandy soet.

"Uh huh," kom 'n verwurgde reaksie uit sy keel.

"Ek het nodig dat jy wys wat jy wil. Wys my wat om met jou mond te doen."

Wanneer Sandy dit sê, gly sy haar lyf van sy piel af na sy mond toe, waar sy haar druppende poes langs sy mond plant.

"Wys my hoe jy daarvan hou om gelek te word. Ek moet leer en net jy weet wat jy die nodigste het."

Sandy loop direk oor haar mond, terwyl sy die kant van haar kop met albei hande gryp en haar kop vorentoe lei om haar mond en poes in direkte kontak te bring.

"Eet my. Wys my hoe graag jy my wil hê."

Toe sy hom beveel om dit te doen, laat Sandy haar kop los en lê terug op haar arms, en bring haar poes nader aan sy mond.

Sy gooi haar kop agteroor in ekstase en besef dat haar minnaar weer haar rolspel terdeë geniet terwyl hy hongerig om haar poesie draai, wetende dat as sy 'n goeie werk doen, die belonings geweldig sal wees.

Deur sy tong oor haar lippe te hardloop, haar blom oop te maak, aan haar klit te suig, voel hy om die beurt ongeloofliker in haar honger mond.

Hy hou aan om haar te lek totdat sy opwinding by haar ken afloop.

Hy steek sy hand uit om haar heupe te gryp en sy rug vinnig weg.

"Ek het gesê jy moenie beweeg nie. Dit is jou tweede waarskuwing."

Terwyl sy vinnig haar poes uit sy mond haal, kyk sy na die verbysterde kyk in haar geliefde se oë.

Sandy kan nie heeltemal in karakter bly nie en leun vorentoe en lek saggies haar sappe uit sy gesig, soen sy wange en kyk in sy oë sodat hy verstaan dat sy regtig die speletjie speel, maar dat niks haar regtig van hom sal weerhou nie.

Nadat sy sy mond gelek het, laat die herinnering aan sy eie opwinding hom amper beheer verloor.

Bewend om haar rol te behou, beweeg sy vinnig weer van hom af en klim van die bed af om na haar minnaar te kyk wat daar lê en wag vir sy volgende beweging.

Sy haan glinster waar sy die kop gelek het, maar sy merk 'n klein druppel precum wat van die punt af stoot.

"Sam, dit klink of jy baie opgewonde is. Kan jy my daarvan vertel?"

"Jy maak my mal, Sandy. Dit is die soetste marteling wat ek nog geken het."

"Wel, Sam, geduld het sy belonings en ek wil hê ons albei moet iets leer. En ek is nie naby daaraan om klaar te wees met jou nie."

Terwyl sy dit sê, stoot sy haarself vinnig van die bed af en buk om haar geliefde 'n uitsig oor haar wonderlik geronde gat te gee.

Hy kreun lus, wetende hy moet net kyk.

Sy haal iets uit haar sak en draai om met 'n klein voorwerp, maar natuurlik met haar vuis gebal, want sy is nie gereed vir hom om te sien nie.

"Maak jou oë toe," beveel hy.

Elke bietjie van hul wilskrag word getoets aangesien die enigste beperkings en verbodsbepalings wat hulle vir hierdie rolspel gebruik suiwer geestelik is.

Hy het gekies om nie te beweeg of sy oë oop te maak nie, bloot omdat Sandy dit versoek het.

Hy voel hoe haar lyf langs syne beweeg en die matras skuif effens aangesien sy seker langs hom gesit het.

Haar klein handjie raak aan die kop van sy haan, haar vinger vryf die precum om die bokant.

"Sam, jy lyk of jy gereed is om te ontplof. Maar ek is gereed daarvoor. Maar moenie bekommerd wees nie en moenie jou oë oopmaak of beweeg nie."

Die stilte is oorverdowend aangesien die enigste geluid in die kamer sy toenemend moeisame asemhaling is.

Sandy gryp sy haan met een hand, en met die ander gly hy iets oor die kop, 'n koue metaalring wat 'n rilling deur sy lyf stuur en sy ruggraat laat bewe.

Sy skuif die ring na die basis van sy piel, en sy pols trek.

Onmiddellik voel jy hoe jy sterker word en swel.

"Maak oop jou oë."

Sy minnaar maak sy oë oop en vang 'n flits van metaal en 'n pad aan die basis van sy massiewe ereksie.

"'n Haanring, huh?"

"Dit is my veiligheid wild card, Sam. Ek het baie met jou te doen en ek wil nie hê dit moet eindig voor dit begin nie. Kan jy dit voel?"

"Ja, dit is styf."

"Is dit ongemaklik?"

"Nee, net anders."

Sy minnaar sluk, 'n bietjie senuweeagtig, omdat hy nog nooit enige soort volwasse speelding gebruik het nie.

"Die peiling is ontwerp om my plesier te gee. Ek gaan kyk hoe dit voel. Hou stil."

Sandy geniet haar beheerspeletjie en haar opwinding begin 'n koorshoogte bereik.

Haar warm sappe vloei vrylik, so al wat sy hoef te doen is om oor hom te staan en op hom af te gaan, wat haar dadelik met sy groot haan vul.

Sy leun vorentoe en laat die roller oor haar klit rol.

Sy lyf maak dadelik die koue metaal warm en druk suggestief teen haar towerkol terwyl sy vorentoe wieg.

Sy piel krom effens terwyl sy in die sok vasklou.

Sy gryp sy polse met haar klein handjies, alhoewel enige tipe immobilisasie bloot simbolies is, aangesien hy haar maklik kan verslaan.

Sy spel gaan nie eintlik oor mag nie.

Sy doen haar eenvoudig voor as die aggressor, die oorwinnende heldin.

Met 'n slinkse knipoog van onuitgesproke begrip tussen hulle, verskerp hul wedersydse plesier.

"Dit is wat ek wil hê, Sam. Kan jy my voel? Kan jy voel hoe warm jy my maak?"

Sandy byt op haar onderlip terwyl sy harder druk.

Die wande van haar vagina trek toe en gryp Sam se lid met besitlike oorheersing aan.

Sy staan hoër en druk sy haan toe hy voel hoe die haan ring sy opwinding beperk, wat dit moeiliker maak.

Sam maak 'n grimase soos sy instink is om sy heupe wild in die dieptes van haar vroulike sjarme te druk.

Maar onthou dat hy reeds twee waarskuwings het, sukkel hy om homself te bedwing.

Sandy gly na die bokant van sy piel, met net die kop in haar, en sit perfek stil, gereed om hom los te laat of om hom te omring.

Die gespanne oomblik duur voort wanneer Sandy heeltemal stil bly.

"Sam, geniet jy dit? Hou jy van hoe jou geliefde speel? Kan jy my weer volg?"

Sandy se speelse terg maak Sam opgewonde terwyl hy besef hy kan net een keer die lyn oorsteek.

In plaas daarvan om haar te antwoord, lig hy sy heupe en sink sy kloppende lid vol manlikheid in haar in.

Die haanring-lager rol oor haar klit en hy glimlag speels vir haar,

"Drie waarskuwings stuur my bank toe?"

Sandy sidder vir 'n oomblik, vasbeslote om beheer te behou, en glimlag terug vir Sam.

"Bofbal-analogie, huh? Ek sou dit 'n vieslike oproep noem. Kom ons gaan vir 'n ander toonhoogte."

Sandy hou aan om Sam se pols in 'n soort vals greep vas te hou terwyl sy onwillig van hom af wegtrek.

As jy daarna kyk, word die uitgangspunt van die spel skielik minder belangrik.

Sy wil hê hierdie man moet binne haar druk en sy verloor haar wilskrag by die minuut.

"Ek dink ek moet met die kruik kyk," sê Sandy, terwyl hy die bofbal-analogie lewendig hou, maar leun in om Sam te soen.

Sy druk haar mond teen syne en kreun wellustig, terwyl die rolspel vinnig verdamp.

Asemloos trek sy van hom af weg.

"Fok my nou. Dis my bestelling, Sam."

Sam glimlag vir sy Sandy en slaak 'n sug van verligting.

"Met of sonder hierdie ding?"

Sam wys nuuskierig na die haanring.

"Daarmee, totdat jy op die punt is om klimaks te kry, dan sal ek dit afhaal."

Sandy rol om op haar rug en sprei haar bene met 'n verleidelike uitnodiging.

"Sam, onthou ek is steeds in beheer, en ek wil hê jy moet my met jou mond naai."

"Met plesier, my meesteres. Met plesier. Nou is dit jou beurt om stil te bly."

Terwyl Sandy haar bene sprei, posisioneer Sam haarself tussen hulle en draai haar tong hongerig tussen hulle, voelend na die nektar. gly oor sy tong wat dankbaar vloei vir sy opgewondenheid.

Terwyl hy haar oop blom lek en om haar loop, kreun Sandy met 'n verlange van oerbegeerte.

Sandy verloor haarself in die sensasies van Sam se tong en dryf na 'n plek ver weg van haar hotelkamer.

Sy gryp sy kop en nooi hom stilweg uit om haar ekstatiese reis mee te maak.

Sam meet haar reaksies en weet sy is op die rand van haar orgasme.

Hy gly op haar lyf, die smaak van haar nog op sy lippe.

Terwyl hy sy haan binne haar druk, soen hy haar mond diep.

Om haar met gemak binne te gaan, voel Sam hoe haar bewende mure hom omring.

Sy voel sy ring teen haar klit terwyl Sam keer op keer druk en haar wys dat dit twee verg, nie een nie, om liefde te maak.

Sy buig haar bene terug totdat hulle op Sam se skouers rus, en hy gaan haar heeltemal binne.

Haar lyf is vol van hom, haar klit kielie en hy voel elke diepte van haar vrouwees.

Sam verorber haar gesig, nek en skouers met sy soene.

"O Sam."

Sam versnel sy pas, wetende dat sy Sandy baie naby aan klimaks is.

Sy begin roer en hy onthou die uitgangspunt van die nag.

"Is jy gereed, my meesteres?"

"Ek is."

Terwyl hy 'n oomblik stilstaan, onttrek Sam hom weer van Sandy.

Sy gryp sy haan, versadig met haar sappe, en rol die haanring op.

Die geronde metaalbal volg 'n onsigbare pad langs jou haan.

Met die gloeiende ring in sy handpalm, glimlag hy vir die simbool van hul wedersydse ekstase.

Sandy bring die ring na haar mond en lek die omtrek, en kyk nooit weg van Sam se oë nie.

Met die ring tussen haar tande, leun sy na Sam terwyl hy dit van haar tande af trek, net om dit op die bed te gooi.

"Jy is so pragtig dat niks my kan keer om binne-in jou te wil wees, op elke manier nie."

"Vat my, my geliefde."

Sonder nog 'n woord druk Sam sy woedende ereksie in Sandy se honger opening.

Sy verwelkom hom feitlik binne met 'n welkomskreet.

Hy druk haar herhaaldelik wreed, oor en oor.

Sandy kreun met onbeheerbare passie.

" Mmmmmmmmmmmm , Sam. O skat. So, so, harder, so ."

"Ag skat, Sandy, ek is so lief vir jou."

"Komaan Sam, harder."

Sam bly vir 'n oomblik stil en trek homself uit Sandy se hitte.

"Sandy, ek is gereed om te ontplof. Is jy gereed?"

"Ek was gereed vir jou die oomblik toe jy ingestap het, Sam."

Wanneer Sandy dit sê, hurk sy en lei Sam terug na haar gretige opening.

In een vinnige beweging druk Sam na Sandy en kners op sy tande.

Begrawe sy kloppende haan diep in haar.

Sy kreun soos 'n vrou wat skielik gevul is met alles wat sy nodig het.

"O Sam, jy het dit nog steeds groot vir my."

al die hele dag opgesmeer . Ek was mal daaroor om te sien hoe jy beheer neem."

"Dit is waar dat jy dit nie so het nie, en ek deel graag wat jy het met my."

Die verliefdes hou op praat en begin vinniger beweeg, albei so gevaarlik naby hul klimaks.

Sam stoot herhaaldelik en Sandy staan op om sy elke stoot te ontmoet terwyl hulle wals in oervreugde.

"O Sam, kom saam met my ... ek is reeds daar ..."

Sandy hyg en wriemel terwyl haar gesig kromtrek van onbeheerste passie terwyl golwe van saamtrekkende spiere haar kern oorneem en plesier deur haar liggaam uitstraal.

"O Sandy..."

Sam se lyf verstyf en hy neem haar in sy arms terwyl hy al sy energie van sy polsende piel na Sandy se verwelkomende liggaam oordra.

Sy kom vloei in haar in, terwyl haar sap om sy piel vloei, in vloeibare ekstase.

Hulle sak asemloos op die matras in en hou hande vas terwyl hul hartklop stadiger word.

"Dit was baie beter as die gewone kitaar, dink jy nie?" Sam glimlag boos vir Sandy.

"O, ja, en my man om op 'n reis te gaan was nuttig. So ons kon ons kamer beter geniet."

"Wel, skat, ek wou regtig nie al my opgekropte passie spandeer om my vrou in die bed te kry nie. Ek wou dit alles vir jou gee."

"En ek wou hê jy moet dit alles vir my gee. Ek sou sê ons het ons wens gekry, reg?"

"Ja. En ons het nog tyd vir meer, want my vrou verwag my nie binnekort by die huis nie..."

"Briljant! "Ons gaan daai lekker haan weer hard moet maak," sê Sandy terwyl sy buk om weer sy haan te lek...

ZOMBIE APOCALYPSEX

83

Die beste deel van die zombie-apokalips?

Die meisies bedank jou wanneer jy hul lewens red.

Ek is ernstig.

Hulle het regtig, al het jy 'n tipe soos myne.

Ek is nie die langste ou in die dorp of die slimste of die mooiste nie.

Ek is so normaal as wat jy kan kry.

Ek is vyf voet sewe lank.

Ek het reguit bruin hare wat ek kort laat.

Dit is nie mahonie of bruin hare nie.

Dit is nie lank of golwend of veral blink nie.

Dis bruin, soos 'n tipiese bruin spotprent.

Ek is nie vet of maer nie.

Ek is net, hel, ek weet nie.

Onfiks?

Die beste oefening wat ek nog gedoen het, was om die Middeleeuse swaard te swaai wat ek 'n paar jaar gelede by 'n Renaissance-fees gekoop het.

Damn, ek was mal daaroor om daardie slegte meisie te draai.

Hy het selfs waatlemoene gekoop, dit op 'n heiningpaal geleun en dit soos 'n regte middeleeuse vegter gesny.

Ek erken dit.

In my gedagtes was ek nog altyd 'n bietjie sleg.

Wie sou kon dink dat al daardie swaardswaai eendag handig te pas sou kom?

Maar niks hiervan was genoeg om my ma of my suster te red nie.

Ek dink ek moet sê ek kon ook nie my pa red nie.

Maar dis snaaks om te sê dat ek hom nie kon red nie, toe ek die een was wat sy kop afgekap het.

Ja, dit suig.

Ek het van die ou gehou.

Ek het Excalibur, soos ek my swaard genoem het, op my knieë geslyp toe hy my kamer binnegekom het.

Ek het besef iets is fout.

Hy was oral vol bloed, wat ek later verneem het is Ma s'n.

Ek het nie gesien waar hy gebyt is nie, maar dit het nie saak gemaak nie.

Hy het gegrom, net soos in die flieks.

Dit was 'n diep, guitige geraas wat geklink het of dit van 'n dier kom eerder as 'n mens.

Hy het na my toe gesteier, met bloedbedekte hande uitgestrek, en ek het geweet.

Ek weet nie hoe ek geweet het nie, ek het net geweet.

So ek staan op, skree iets soos "Back off!"

Toe hy nie reageer nie, het ek die swaard geswaai.

My eerste moord.

Pa.

Dood en weer dood.

Nadat ek opgegooi het, het ek goed gevoel.

Ek het deur die huis gehardloop.

Ek het mamma dood en in stukke gevind.

My suster was in die agterplaas met drie ander zombies wat haar steeds byt.

Sy was altyd 'n hoer.

Ek het vir elkeen van hulle gesorg sonder uiterste vooroordeel.

Dit was makliker as wat dit mag lyk.

Met die kos voor hulle, my suster, is die zombies van plan om te eet.

Hulle gee nie veel om as iemand anders by die fees aansluit nie.

Hulle gee nie om of daar meer gratis middagete naby is nie.

Al waaroor hulle omgee, is om by die lekkernye binne te kom.

Nadat die hart, longe en organe verdwyn het, begin probleme.

Dan staan hulle op en soek meer.

Die slegte ding is hoe vinnig hulle kan eet.

Hulle kan vinniger deur 'n mens gaan as, wel, ek weet nie wat nie.

Nadat ek die laaste van die zombies wat my suster opgevreet het, doodgemaak het, het ek gekyk na wat van haar oorgebly het.

Dit was nie mooi nie.

Daar was stukke long en meeste van sy ingewande.

Blykbaar hou zombies nie daarvan om kak te eet nie.

Regtig, wie kan hulle kwalik neem?

Nancy Williams is die stuck-up hottie wat langs my huis woon.

Daar is 'n tuin wat ons huise skei.

Ek het lank genoeg gestop om my tekkies aan te trek en na sy huis toe gehardloop.

Miskien was ek te laat, ek het nie geweet nie, maar ek moes probeer.

Nancy is dalk 'n vasgehakte teef, maar sy het nie verdien om aan die hande en mond van 'n zombie te sterf nie.

Het nie goed gegaan nie.

Terwyl ek hardloop kon ek sien dat hulle buiteligte aan was.

Die ligte werk soos 'n bewegingsmelder.

Toe ek nader kom, kon ek sien hoekom hulle aan was.

Drie van die dooies was in die voortuin en het na sy deur gestrompel.

Ek het gekyk hoe die eerste een na die deur hardloop voor ek daar kon kom.

Soos 'n idioot het Nancy se pa die deur oopgemaak en hy was die eerste om te sterf.

Dit het my die geleentheid gegee om die drie zombies uit te skakel wat op die ou geval het om aandete te wees.

Soos ek gesê het, wanneer hulle eet, ignoreer die dooies alles anders.

Nancy se pa het soos 'n wrak gelyk.

Ek het op sy lyf gespring en Nancy geroep.

Aan die ander kant was ek gelukkig dat Nancy se ma uitgekom het.

"Wat het jy aan my man gedoen?" het sy geskree en 'n lamp na my gegooi.

'n Fokken lamp!

Ek het haar met Excalibur geslaan.

Al daardie bofbal wat hy as kind gespeel het, het ook gehelp.

"Mev. Williams! Zombies!" Ek het probeer verduidelik.

Sy het my 'n wilde kyk gegee en na haar man se oorskot gehardloop. Slegte idee.

Peter Williams was erg genoeg om te sterf en terug te kom.

Hy het sy vrou gegryp en begin eet.

Dit is die gille wat my vandag nog sommige nagte wakker hou.

Al is dit nie die dame nie. Williams, as ek gille in die verte hoor, vervang ek altyd hul gille met dié wat ek daardie dag gehoor het.

Om lewendig geëet te word maak seer.

Ek het genoeg tyd gehad om die raaisel op te los.

As hulle jou byt, draai jy.

Dit maak nie saak waar hulle jou byt nie, net dat hulle dit doen.

Jy moet vermy om 'n bietjie te wees.

En moenie vir my vra hoekom nie, maar om zombie-guts of bloed aan jou of in jou mond te hê, sal dit nie doen nie.

As die byt noodlottig is (meneer Williams is eerste in die nek gebyt) en ander zombies skeur jou nie stukkend nie, kan jy redelik vinnig omdraai.

Sodra jy sterf, dink ek.

As dit 'n nie-dodelike byt is, neem dit 'n rukkie vir die gif om sy werk te doen.

Jy sterf steeds en word een van die dooies, maar dit kan 'n paar uur of selfs dae neem.

So dit is hoekom jy na 'n rukkie die nuutgebyte begin doodmaak met soveel straffeloosheid as wat jy daardie reeds gedraaide goed gee.

Hoekom nie?

Hulle gaan net vroeër of later probleme veroorsaak.

Ek doen nie veel daarvan nie, maar ek doen dit.

Mev. Williams het steeds geskree terwyl sy bloedig vermoor is (in die mees akkurate beskrywing wat ek kan gee) toe Nancy die kamer binnehardloop.

Ek was verward en bang.

Sy het gesien wat haar pa aan haar ma doen.

"Doen iets!" het sy vir my geskree.

Ek was al daarin.

Ek het die swaard na meneer Williams se kop geswaai en hom onthoof.

Geskeur en vermink, maar skaars geëet, draai Nancy se ma vinnig om.

Sy het vir my gegrom en dit was al wat ek nodig gehad het.

Op 'n stadium was hy sonder sy kop.

"My God!" Nancy gesê.

"Ja. Zombies," het ek verduidelik.

"Nee kak," het sy gesê.

Hy het 'n stywe t-hemp en 'n katoenbroek aangehad.

Hy het warm soos die hel gelyk.

Sy het nie 'n bra aangehad nie.

Haar tepels was hard soos die hel.

Dit is snaaks hoe ek dit alles kan onthou soos dit gister gebeur het.

"Is daar meer?"

"Nog drie dooies aan die voorkant," het ek gesê.

Ek het my bes gedoen om sy ouers se oorskot weg te stoot en die deur toe te maak.

Die televisie was aan in die sitkamer en die omroepers het die program betree met brekende nuus.

Die kak was werklik en dit het oral gebeur.

Niemand het geweet hoekom nie.

Niemand het geweet of daar ground zero was nie.

Niemand het omgegee nie.

Ek en Nancy het na die rusbank gestap en verstom na die skerm gekyk.

"Dankie dat jy my lewe gered het," het sy gesê nadat die werklikheid van die nuwe tye ingesink het.

"Geen probleem nie," het ek gesê.

"Want ek?"

"Omdat jy mooi is," het ek vir haar gesê.

Dit was die waarheid en ek was te bang om te lieg.

"Dankie," sê hy en ons het verder TV gekyk.

Ek onthou nie wanneer dit gebeur het nie, maar na 'n rukkie het Nancy voorgestel ek gaan stort en die bloed afwas.

Ek het dit gedoen.

Hy het vir my van sy pa se klere gegee om aan te trek.

Dit het my nie baie goed gepas nie.

Ek het nie omgegee nie.

Ek kon huis toe gaan en klere soek.

Toe het hy my na sy kamer geneem.

"Ek wil nie 'n maagd sterf nie," het hy gesê en my 'n voorlopige soen gegee.

"Is jy 'n maagd?" Ek het gevra.

As in ag geneem word dat die dooies weer lewendig geword het en die lewendes geëet het, was dit seker 'n klein detail, maar dit het my steeds verras.

"As jy nie?"

"Fok nee," het ek gesê.

"Shit."

"Ek is ernstig," het ek aangedring.

Sy het haar hand op haar heup gesit en my daardie klassieke perverse voorkoms gegee wat gelukkig ná hoërskool eindig.

"WHO?" het hy geëis.

"Katty Walker? Andy Muller ?"

"Nee , eintlik het ek dit eers met Vicky Flowers gedoen , maar ek het ook iets met die ander twee gedoen. En hulle was pret. Ek mis hulle".

"Hoekom het jy nie een van hulle gered nie?"

"Jy was nader."

"Ek kan nie glo ek is 'n maagd en jy is nie," het sy gesê.

"Dit beteken net ek weet wat ek doen," het ek voorgestel.

"As ons nie sterf nie en jy vertel iemand hiervan, gaan ek jou doodmaak."

Ek het Excalibur langs die deur van sy kamer gesit, waar hy dit maklik kon gryp.

Toe soen ek haar.

Ek het nie gespeel soen haar nie, ek bedoel, ek het haar gesoen.

Fok dit.

Ek was die held.

Hy het genoeg flieks gesien.

Ek sou haar soos 'n held soen.

Ek het my lippe teen hare gedruk en my tong in haar mond gedruk.

Nancy kreun verbaas voordat sy teen my smelt.

Toe trek hy weg en trek sy hemp uit.

Ek was reg.

Sy het nie 'n bra aangehad nie, sy het groot tepels gehad en haar tiete was perfek, vir my bedien soos 'n stukkie koek aan elke kant.

Ek dink dit is belaglik van my om in detail te gaan oor wat volgende gebeur het, maar fok dit.

Tot op daardie stadium in my lewe was Nancy die perfekte tien vir my.

Sy was die sexy meisie wat elke ou in sy fantasieë gebruik het.

Ek het haar pa se klere uitgetrek (creepy, ek weet) en haar my harde piel laat sien.

"Ek weet nie wat om te doen nie," het hy gesê.

"Trek jou kortbroek uit en ek sorg vir die res," het ek vir hom gesê. "Jy het al 'n harde haan gesien, reg?"

"In flieks en ander dinge."

"Goed genoeg. So jy weet jy is veronderstel om dit eers te suig, reg?"

"Ek moet?"

"Nee, jy kan 'n maagd sterf," sê ek en maak of ek aantrek.

"Wag, so?" sy het gevra.

Sy het haar mooi vol lippe om my gevou en begin suig.

Sy was nie baie goed daarmee nie.

Sy was nie so goed soos Andy Muller nie .

Nou kan daai teef 'n fokken haan suig!

Maar dit het nie saak gemaak nie, nie regtig nie.

Dit gaan nie in Nancy se mond pas nie.

Ek wou net sien hoe haar gesig om my piel gedraai is.

Dit was 'n herinnering aan my broer waarvan sy nie geweet het nie.

Dit was 'n dankie aan al die kere wat een van ons, die broer, vir die ander een gesê het: Die enigste ding wat haar mooier sal laat lyk, is om te sien hoe sy om my piel gedraai is.

Terwyl sy teug, het ek gevind dat ek hoop my broer is oukei.

"Ek doen dit reg?" sy het gevra.

"Goed genoeg," het ek gesê.

Ek was gereed om te naai.

Fok jou.

Fok alles.

"Hoekom klim jy nie op die bed nie?"

Nancy het op die bed geklim, op haar rug gelê en nadenkend na my gekyk.

"Gaan dit seermaak?"

"Miskien," het ek gesê en myself vir die eerste keer tussen haar bene geposisioneer.

Vicky was die eerste.

Voordat ons dit gedoen het, het ons gelees oor hoe om dit te doen.

Dit is wat nerds doen, dink ek.

Ek het uit ons lees geweet dat sommige meisies, dié met 'n ongeskonde maagvlies, skerp pyn kan voel wanneer dit gebreek het.

Daar kan 'n bietjie bloed wees.

Van daar af sou dit glad verloop.

Dis hoe dit was met Vicky en Andy.

Dit was nie die geval met Nancy nie.

Ek het sonder enige probleem in haar ingeskuif.

"Is jy seker jy is 'n maagd?"

Wel, in retrospek, dit was nie die mees gepaste ding om te sê wanneer jy by 'n meisie ingestap het wat vir jou gesê het sy is 'n maagd nie.

"Jou fokken baster! Gaan van my af!" gil sy en ruk teen my.

Ek het daaruit gekom.

"Wat de fok bedoel jy?"

"Ek sê net die ander meisies..."

"Fok daai hoere," sê hy en begin toe huil.

Perfek, het ek gedink.

Asof 'n zombie-apokalips nie genoeg is nie, moes hy 'n huilende bedorwe brokkie hanteer.

"Ek is jammer," sê ek en klim van sy bed af.

"Waar gaan jy heen?"

"Ek weet nie. Huis toe? Maak nog zombies dood? Ek weet nie."

"Maar ek het gedink ons gaan dit doen, jy weet..." Sy snik steeds.

"Ons het dit net gedoen. Dit is al wat nodig is, een hou. Baie geluk, nou is jy nie meer 'n maagd nie."

"Maar Julian het gesê dit tel nie tensy ek 'n orgasme gehad het nie."

"Julian? Julian Walker?" Ek het gevra.

Sy knik.

Julian Walker is .

Hy was die sterspeler op ons hoërskool sokkerspan en was haar kêrel.

"Fok jy en Julian ?"

"Ons doen daardie deel, maar Julian het gesê ek is nog 'n maagd omdat ek nie 'n orgasme gehad het nie."

"Het jy al ooit 'n orgasme gehad?"

Sy bloos en knik.

"Wanneer ek dit self doen."

"Met jou vingers."

"Haai, nee! Ek gebruik my speelding. Ek gaan nie aan myself daar raak nie."

"Kan ek jou speelding sien?"

"Nee," het sy gesê.

"Oukei," trek ek my skouers op.

Ek het sy pa se oorgroot broek opgetel.

Ek moes iets dra op pad huis toe.

"Wag, hier is dit," sê sy en haal 'n yslike rubbervibrator uit haar nagkassielaai.

"Gebruik jy dit op jouself ?" vra ek verstom.

Sy knik.

"Binne of buite?"

"Albei. Ek hou daarvan binne, baie diep. Dis sleg, reg? Julian het gesê dis hoekom dit so groot was daar onder."

Ek was vir 'n oomblik verward.

Hy was lanklaas in haar, maar hy was nog lank nie te groot nie.

Sy voel styf.

Ek het geweet dat stramheid niks met maagdelikheid te doen het nie, so daar was net een antwoord oor.

"Kan ek jou 'n vraag vra? Wie s'n is groter, myne of Julian s'n ?"

Ek het haar gekonfronteer met my piel nog hard voor haar.

Julian s'n is die helfte so groot. Is jy swart?"

"Daardie?"

" Julian het gesê die enigste ouens met groter pikke as hy was swart."

"Nancy? Julian het vir jou gelieg. Ek is groter as die gemiddelde, maar ek is nie 'n freak van die natuur nie."

" Julian het gesê al die ouens in pornografie was deels swart."

" Julian is 'n fokken leuenaar," het ek gelag en gewonder hoeveel ander maniere ek vir 'n dwaas geneem kan word.

Ek het gedink om die tyd te neem om dit aan haar te verduidelik, om dinge met haar duidelik te maak, maar dit het na te veel werk gelyk.

"Kyk, dit is oukei. Julian is 'n liggende baster met 'n klein piel en ek gaan terug na my huis om klere te kry wat pas. As jy wil kom, naai ek jou in my bed."

Sy het dit gedoen en ek het dit aan haar gedoen en ek dink sy het haar maagdelikheid verloor toe sy gekom het terwyl ek nog in haar was.

Ek weet nie, dis aande soos hierdie wat ek die meeste aan Nancy dink.

Sy het nooit haar teefmodus verloor nie, maar ek dink steeds dit was hartseer dat ek die volgende dag vir haar moes sorg.

Ons het van huis tot huis in die buurt gegaan om te kyk wie oor is.

Nancy wou nie na my luister om versigtig te wees nie.

Sy het na haar kêrel se huis gehardloop en hy het haar gebyt.

Ai tog, dit gebeur. Ek het albei se koppe geneem.

Eers haar kêrel en toe, nadat sy tot bekering gekom het, na Nancy.

Maar dis hoe ek vir Cristy Walker ontmoet het, die effens ouer suster van Nancy se kêrel.

Cristy het in haar kamer weggekruip met die deur toe teen haar broer.

Hy het stemme gehoor, moord en uiteindelik het ek vir Nancy gegroet.

"Hallo?" skree hy uit sy kamer. "Wie praat?"

"Dis ek," antwoord ek en stel myself voor. "Dis nou veilig."

"Daar is zombies," het hy geskree.

"Ek weet."

"Jy, weet jy al hoe om dit te doen? Het jy hulle doodgemaak?"

"Hulle is weer dood," het ek belowe.

"Ek moet regtig piepie," sê hy, maak die deur oop en hardloop in die gang af na die badkamer.

Sy het nie die badkamerdeur toegemaak nie.

Ek het nie gekyk nie.

Dit het onbeskof gevoel.

"Wie is jy nou weer?"

"Ek woon op die blok hieronder."

"Is jy die vreemde ou wat waatlemoene met 'n swaard sny?"

"Ja dis ek."

Cristy bloos en keer terug na die gang.

Sy het 'n broekie en 'n t-hemp aangehad.

Sy het haar broer en Nancy se bene gesien.

Die res van hulle was in die ander kamer.

Cristy het my omhels en my 'n groot soen gegee.

"Dankie," het sy gesê.

Ek dink hy het na haar tiete gekyk van wat hy volgende gesê het.

"Hou my veilig en dit is joune," sê hy en soen my wang. "Daardie en al die ander dele van my."

Soos ek gesê het, daar is niks soos die zombie-apokalips om meisies op te tel nie.

EINDE

96